Wisher

scénario
Sébastien Latour

dessins et couleurs
Giulio De Vita

1. NIGEL

Merci à Elena, Enrico et Marco pour leur soutien pendant la réalisation de cet album.
Je le dédie à Franco et Gianni De Vita.

Giulio

Je remercie ma femme Nathalie de me donner le meilleur des deux mondes et much more encore Gauthier van Meerbeeck pour ses super pouvoirs d'éditeur ainsi que tout Le Lombard pour leur confiance. Merci à Giulio De Vita d'avoir taillé la gemme avec un talent redoutable, et à Neil Gaiman de m'avoir donné l'envie d'écrire. A tous mes amis, réels et imaginaires...

Sébastien Latour

Première édition

D/2006/0086/300
ISBN 2-80362-150-9

Dépôt légal : août 2006
Imprimé en France par PPO-Graphic

LES EDITIONS DU LOMBARD
7, AVENUE PAUL-HENRI SPAAK - 1060 BRUXELLES - BELGIQUE

www.lelombard.com

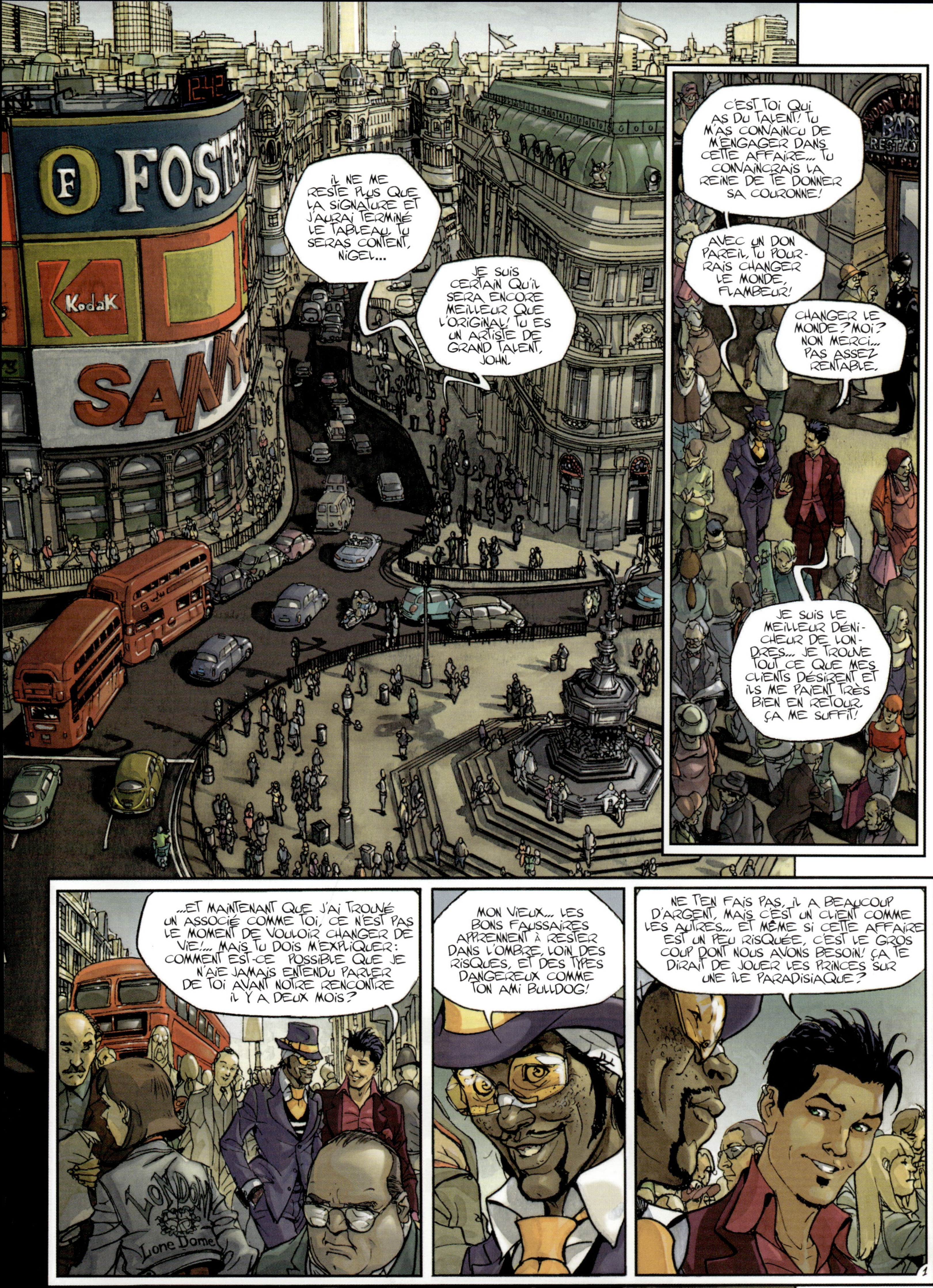
Kodak
IL NE ME RESTE PLUS QUE LA SIGNATURE ET J'AURAI TERMINÉ LE TABLEAU. TU SERAS CONTENT, NIGEL...
JE SUIS CERTAIN QU'IL SERA ENCORE MEILLEUR QUE L'ORIGINAL! TU ES UN ARTISTE DE GRAND TALENT, JOHN.
C'EST TOI QUI AS DU TALENT! TU M'AS CONVAINCU DE M'ENGAGER DANS CETTE AFFAIRE... TU CONVAINCRAIS LA REINE DE TE DONNER SA COURONNE!
AVEC UN DON PAREIL, TU POURRAIS CHANGER LE MONDE, FLAMBEUR!
CHANGER LE MONDE? MOI? NON MERCI... PAS ASSEZ RENTABLE.
JE SUIS LE MEILLEUR DÉNICHEUR DE LONDRES... JE TROUVE TOUT CE QUE MES CLIENTS DÉSIRENT ET ILS ME PAIENT TRÈS BIEN EN RETOUR. ÇA ME SUFFIT!
...ET MAINTENANT QUE J'AI TROUVÉ UN ASSOCIÉ COMME TOI, CE N'EST PAS LE MOMENT DE VOULOIR CHANGER DE VIE!... MAIS TU DOIS M'EXPLIQUER: COMMENT EST-CE POSSIBLE QUE JE N'AIE JAMAIS ENTENDU PARLER DE TOI AVANT NOTRE RENCONTRE IL Y A DEUX MOIS?
LONDON
Lone Dome
MON VIEUX... LES BONS FAUSSAIRES APPRENNENT À RESTER DANS L'OMBRE, LOIN DES RISQUES, ET DES TYPES DANGEREUX COMME TON AMI BULLDOG!
NE T'EN FAIS PAS, IL A BEAUCOUP D'ARGENT, MAIS C'EST UN CLIENT COMME LES AUTRES... ET MÊME SI CETTE AFFAIRE EST UN PEU RISQUÉE, C'EST LE GROS COUP DONT NOUS AVONS BESOIN! ÇA TE DIRAIT DE JOUER LES PRINCES SUR UNE ÎLE PARADISIAQUE?

LE SOLEIL, LES FEMMES, LA FORTUNE... MA PSY SERAIT CONTENTE, ELLE ME RÉPÈTE QUE J'AI UN BESOIN URGENT DE LONGUES VACANCES!
TU CONSULTES UNE PSYCHIATRE, TOI? QUELLE NOUVELLE!
C'EST POUR MA PEAU, C'EST PSYCHOSOMATIQUE... L'ANALYSE M'AIDE BEAUCOUP ET LA PSY EST DEVENUE UNE AMIE.
TU AS PEUT-ÊTRE DÉJÀ VU LE DR MOORE À LA TÉLÉ... TU CONNAIS SON ÉMISSION? ELLE POURRAIT T'AIDER POUR TES CRISES DE CLAUSTROPHOBIE.
DÉSOLÉ, MAIS JE N'Y CROIS PAS TROP!
...JE PRÉFÈRE NE PAS ÔTER LE COUVERCLE... C'EST PEUT-ÊTRE DANGEREUX À L'INTÉRIEUR, HAHA!
MONTRE-LE-MOI.
VOILÀ! TOUS SUR LE NOIR... L'AUTRE EST UN HUMAIN.
NON! PAS MAINTENANT!
NIGEL, EXCUSE-MOI, JE DOIS PARTIR... TIENS... JE T'EN FAIS CADEAU... SURTOUT NE LE PERDS JAMAIS! C'EST TRÈS IMPORTANT POUR MOI, OK?
MERCI, JOHN, MAIS ...
FOSTER'S
Canon
SANYO
JOHN! OÙ VAS-TU? ON DEVAIT DÉJEUNER ENSEMBLE...
JE N'AI PAS LE TEMPS DE T'EXPLIQUER, À BIENTÔT J'ESPÈRE...

JOHN!
SAUVÉ, PEUT-ÊTRE...
PICCADILLY
NON! JE SUIS FOUTU!
VOILÀ LE MÉTRO, ENFIN!...
TERMINUS, MESSIEURS...
NON!
3

VLAM
AAAH!!! MON DIEU! IL A SAUTÉ!
C'EST AFFREUX!
IL EST SUR LES RAILS!
QU'EST-CE QUI SE PASSE? POUSSEZ-VOUS!
J'APPELLE LES SECOURS!
QU'EST-CE QUE?...
PARDON! EXCUSEZ-MOI!
JOHN! NOOON!!!
C'EST BOUND. MISSION ACCOMPLIE. DITES À SIR GEORGE QUE L'ELFE NOIR A PRIS LE MÉTRO...
PICCA

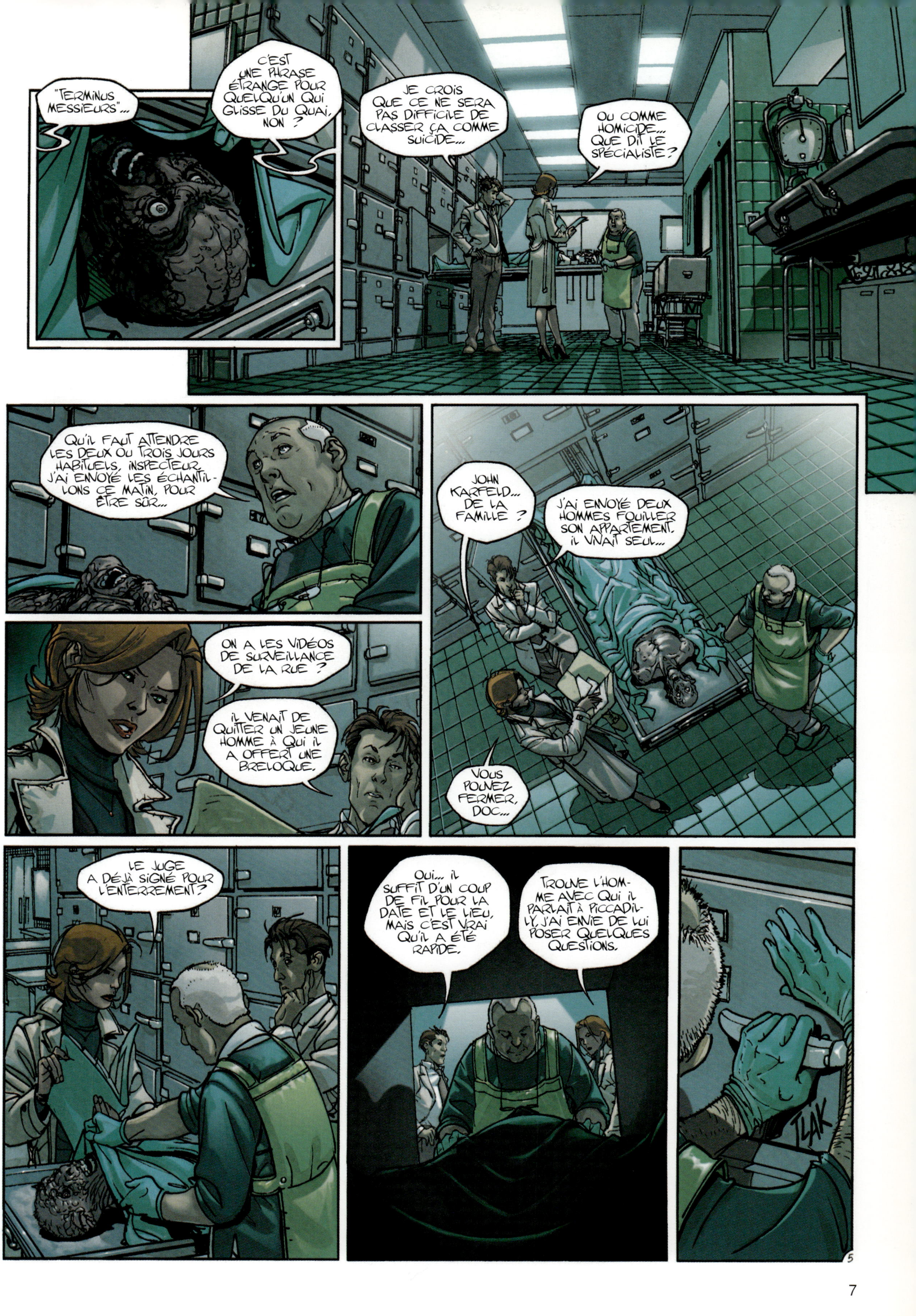
"TERMINUS MESSIEURS"...
C'EST UNE PHRASE ÉTRANGE POUR QUELQU'UN QUI GLISSE DU QUAI, NON ?
JE CROIS QUE CE NE SERA PAS DIFFICILE DE CLASSER ÇA COMME SUICIDE...
OU COMME HOMICIDE... QUE DIT LE SPÉCIALISTE ?
QU'IL FAUT ATTENDRE LES DEUX OU TROIS JOURS HABITUELS, INSPECTEUR. J'AI ENVOYÉ LES ÉCHANTILLONS CE MATIN, POUR ÊTRE SÛR...
ON A LES VIDÉOS DE SURVEILLANCE DE LA RUE ?
IL VENAIT DE QUITTER UN JEUNE HOMME À QUI IL A OFFERT UNE BRELOQUE.
JOHN KARFELD... DE LA FAMILLE ?
J'AI ENVOYÉ DEUX HOMMES FOUILLER SON APPARTEMENT. IL VIVAIT SEUL...
VOUS POUVEZ FERMER, DOC...
LE JUGE A DÉJÀ SIGNÉ POUR L'ENTERREMENT ?
OUI... IL SUFFIT D'UN COUP DE FIL POUR LA DATE ET LE LIEU, MAIS C'EST VRAI QU'IL A ÉTÉ RAPIDE.
TROUVE L'HOMME AVEC QUI IL PARLAIT À PICCADILLY. J'AI ENVIE DE LUI POSER QUELQUES QUESTIONS.
TLAK

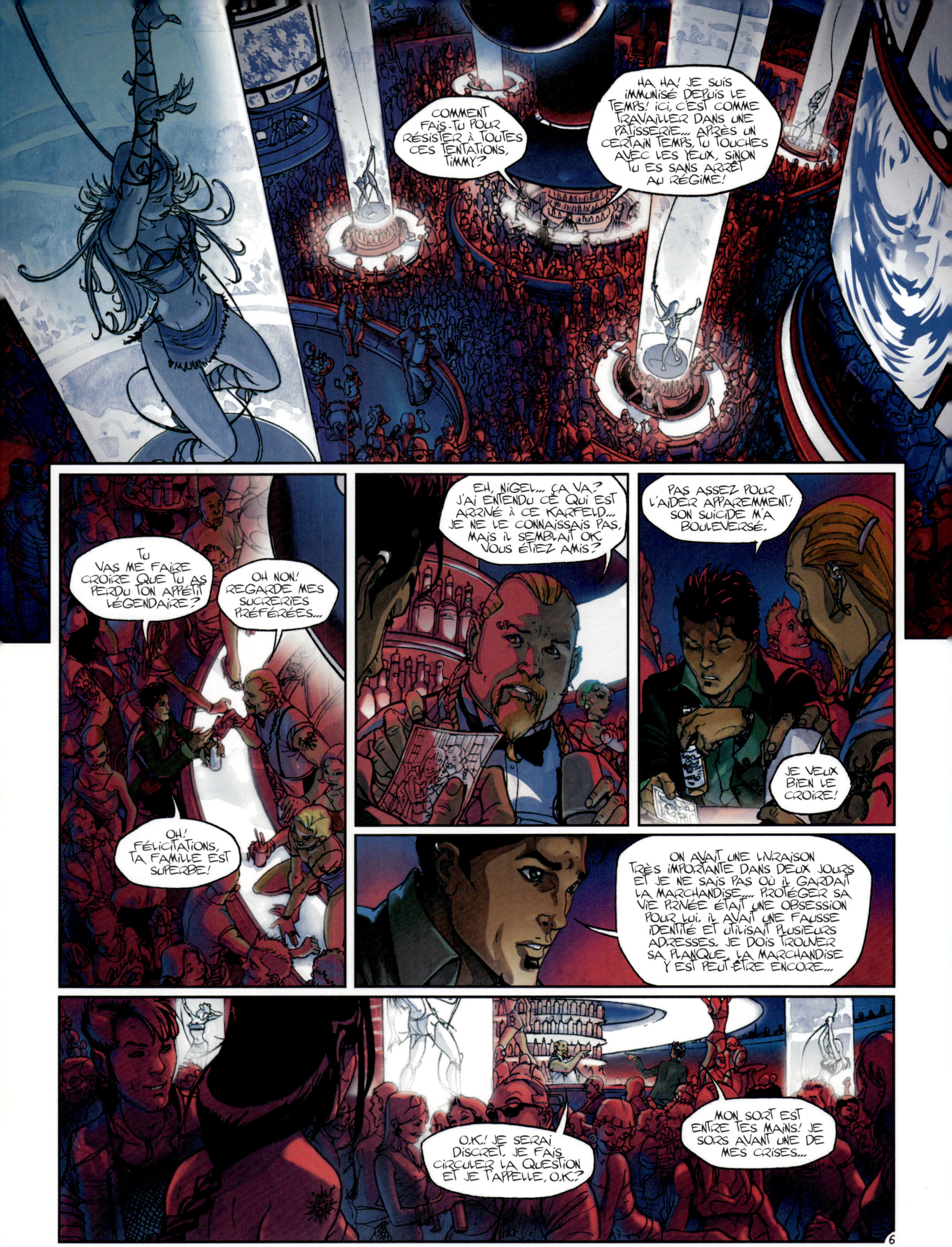
COMMENT FAIS-TU POUR RÉSISTER À TOUTES CES TENTATIONS, TIMMY?
HA HA! JE SUIS IMMUNISÉ DEPUIS LE TEMPS! ICI, C'EST COMME TRAVAILLER DANS UNE PÂTISSERIE... APRÈS UN CERTAIN TEMPS, TU TOUCHES AVEC LES YEUX, SINON TU ES SANS ARRÊT AU RÉGIME!
TU VAS ME FAIRE CROIRE QUE TU AS PERDU TON APPÉTIT LÉGENDAIRE?
OH NON! REGARDE MES SUCRERIES PRÉFÉRÉES...
OH! FÉLICITATIONS, TA FAMILLE EST SUPERBE!
EH, NIGEL... ÇA VA? J'AI ENTENDU CE QUI EST ARRIVÉ À CE KARFELD... JE NE LE CONNAISSAIS PAS, MAIS IL SEMBLAIT OK. VOUS ÉTIEZ AMIS?
PAS ASSEZ POUR L'AIDER APPAREMMENT! SON SUICIDE M'A BOULEVERSÉ.
JE VEUX BIEN LE CROIRE!
ON AVAIT UNE LIVRAISON TRÈS IMPORTANTE DANS DEUX JOURS ET JE NE SAIS PAS OÙ IL GARDAIT LA MARCHANDISE... PROTÉGER SA VIE PRIVÉE ÉTAIT UNE OBSESSION POUR LUI. IL AVAIT UNE FAUSSE IDENTITÉ ET UTILISAIT PLUSIEURS ADRESSES. JE DOIS TROUVER SA PLANQUE, LA MARCHANDISE Y EST PEUT-ÊTRE ENCORE...
O.K.! JE SERAI DISCRET. JE FAIS CIRCULER LA QUESTION ET JE T'APPELLE, O.K.?
MON SORT EST ENTRE TES MAINS! JE SORS AVANT UNE DE MES CRISES...
6

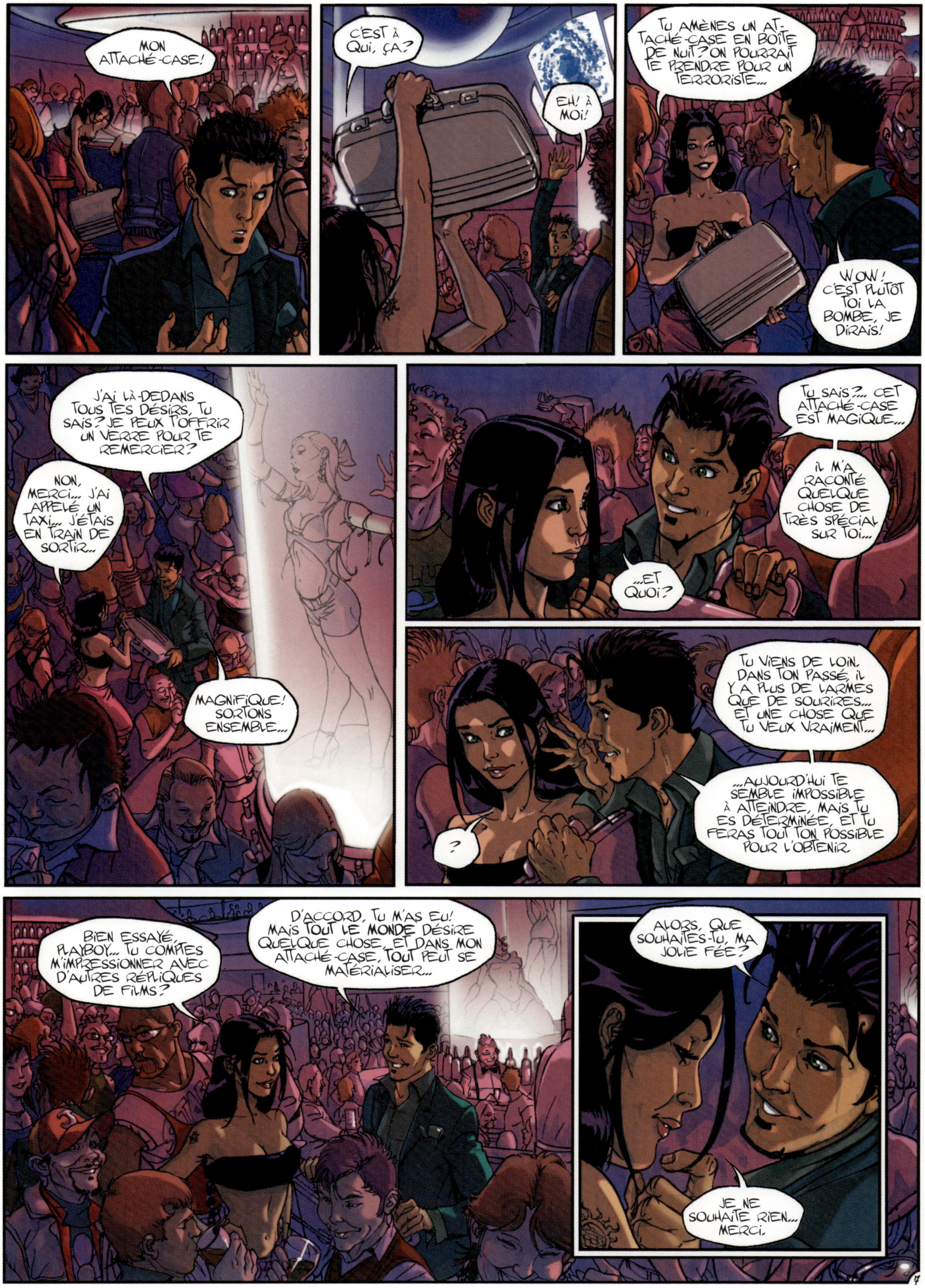
MON ATTACHÉ-CASE!
C'EST À QUI, ÇA?
EH! À MOI!
TU AMÈNES UN ATTACHÉ-CASE EN BOÎTE DE NUIT? ON POURRAIT TE PRENDRE POUR UN TERRORISTE...
WOW! C'EST PLUTÔT TOI LA BOMBE, JE DIRAIS!
J'AI LÀ-DEDANS TOUS TES DÉSIRS, TU SAIS? JE PEUX T'OFFRIR UN VERRE POUR TE REMERCIER?
NON, MERCI... J'AI APPELÉ UN TAXI... J'ÉTAIS EN TRAIN DE SORTIR...
MAGNIFIQUE! SORTONS ENSEMBLE...
TU SAIS?... CET ATTACHÉ-CASE EST MAGIQUE...
IL M'A RACONTÉ QUELQUE CHOSE DE TRÈS SPÉCIAL SUR TOI...
...ET QUOI?
TU VIENS DE LOIN. DANS TON PASSÉ, IL Y A PLUS DE LARMES QUE DE SOURIRES... ET UNE CHOSE QUE TU VEUX VRAIMENT...
...AUJOURD'HUI TE SEMBLE IMPOSSIBLE À ATTEINDRE, MAIS TU ES DÉTERMINÉE, ET TU FERAS TOUT TON POSSIBLE POUR L'OBTENIR.
?
BIEN ESSAYÉ, PLAYBOY... TU COMPTES M'IMPRESSIONNER AVEC D'AUTRES RÉPLIQUES DE FILMS?
D'ACCORD, TU M'AS EU! MAIS TOUT LE MONDE DÉSIRE QUELQUE CHOSE, ET DANS MON ATTACHÉ-CASE, TOUT PEUT SE MATÉRIALISER...
ALORS, QUE SOUHAITES-TU, MA JOLIE FÉE?
JE NE SOUHAITE RIEN... MERCI.
7

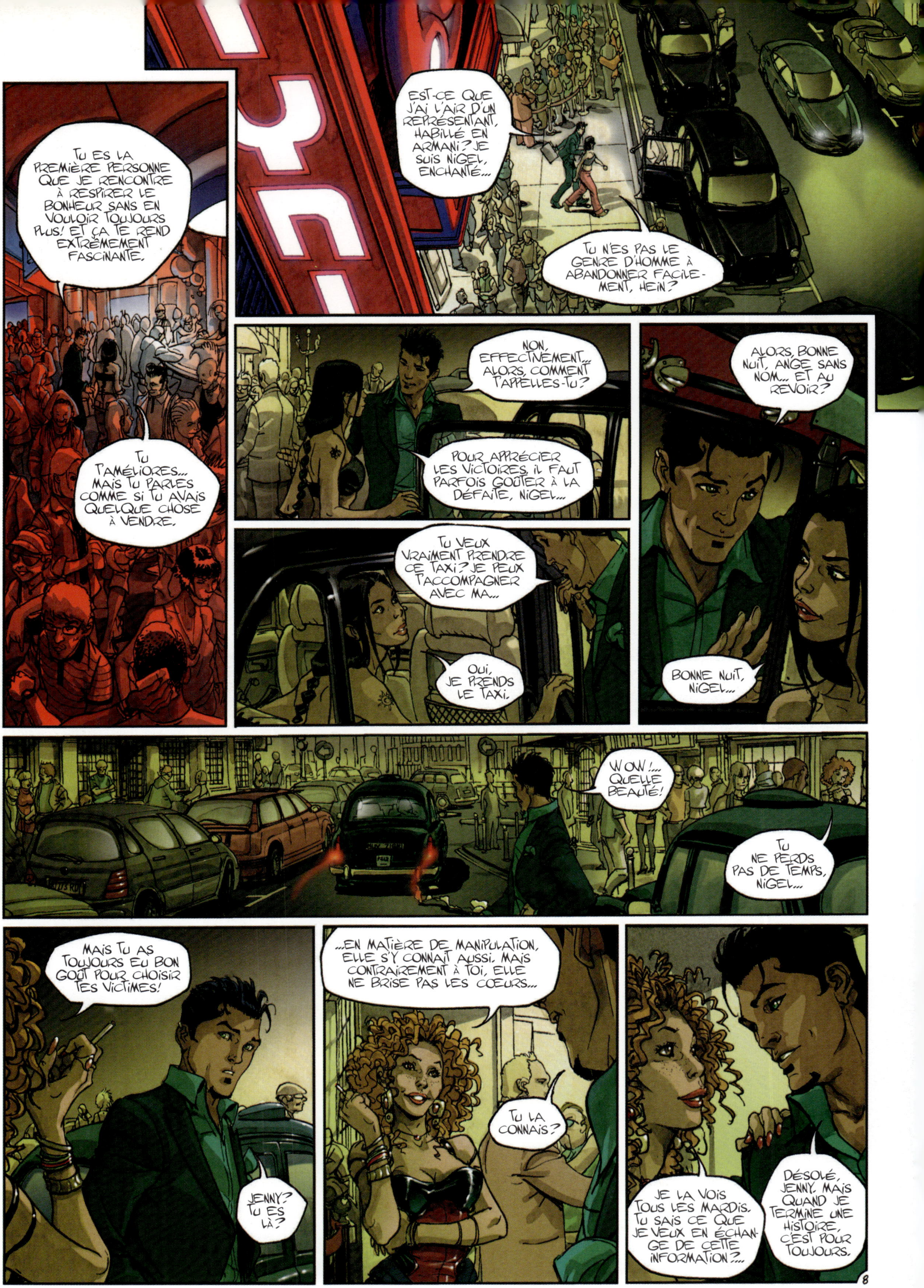
TU ES LA PREMIÈRE PERSONNE QUE JE RENCONTRE À RESPIRER LE BONHEUR SANS EN VOULOIR TOUJOURS PLUS! ET ÇA TE REND EXTRÊMEMENT FASCINANTE.
TU T'AMÉLIORES... MAIS TU PARLES COMME SI TU AVAIS QUELQUE CHOSE À VENDRE.
EST-CE QUE J'AI L'AIR D'UN REPRÉSENTANT HABILLÉ EN ARMANI? JE SUIS NIGEL, ENCHANTÉ...
TU N'ES PAS LE GENRE D'HOMME À ABANDONNER FACILEMENT, HEIN?
NON, EFFECTIVEMENT... ALORS, COMMENT T'APPELLES-TU?
POUR APPRÉCIER LES VICTOIRES, IL FAUT PARFOIS GOÛTER À LA DÉFAITE, NIGEL...
TU VEUX VRAIMENT PRENDRE CE TAXI? JE PEUX T'ACCOMPAGNER AVEC MA...
OUI, JE PRENDS LE TAXI.
ALORS, BONNE NUIT, ANGE SANS NOM... ET AU REVOIR?
BONNE NUIT, NIGEL...
WOW!... QUELLE BEAUTÉ!
TU NE PERDS PAS DE TEMPS, NIGEL...
MAIS TU AS TOUJOURS EU BON GOÛT POUR CHOISIR TES VICTIMES!
JENNY? TU ES LÀ?
...EN MATIÈRE DE MANIPULATION, ELLE S'Y CONNAÎT AUSSI. MAIS CONTRAIREMENT À TOI, ELLE NE BRISE PAS LES CŒURS...
TU LA CONNAIS?
JE LA VOIS TOUS LES MARDIS. TU SAIS CE QUE JE VEUX EN ÉCHANGE DE CETTE INFORMATION?...
DÉSOLÉ, JENNY. MAIS QUAND JE TERMINE UNE HISTOIRE, C'EST POUR TOUJOURS.
8

...ANCIENNES MÉTHODES ENCORE UTILES POUR TRAITER LES TROUBLES DE LA PERSONNALITÉ...
SKY educational
doc HELEN MOORE PSYCHIATRIST
SKY
TIMMY!... TU AS DÉJÀ TROUVÉ L'ADRESSE QUE JE T'AI DEMANDÉE?
EXCELLENT!
...OUI, JE CONNAIS LE QUARTIER... IL Y A UN TRÈS BON TAILLEUR CHEZ QUI JE VAIS SOUVENT.
DES SCELLÉS? EST-CE QUE TU POURRAIS SAVOIR SI LA POLICE A TROUVÉ UN TABLEAU LÀ-BAS?
MERCI, TIMMY... NON, JE ME DÉBROUILLERAI TOUT SEUL. TU AS DÉJÀ FAIT BEAUCOUP.
DE RIEN, NIGEL. SI TU AS ENCORE BESOIN DE QUELQUE CHOSE, TU N'AS QU'À DEMANDER. TU SAIS QUE JE NE PEUX RIEN TE REFUSER...
EHM...
TU TE SOUVIENS DE JENNY?... NON... ON N'EST PLUS ENSEMBLE, MAIS ELLE CONTINUE DE ME PISTER!
PEUX-TU DÉCOUVRIR OÙ ELLE VA CHAQUE MARDI, POUR SE FAIRE... 'MANIPULER'?
ET DANS LA VALLÉE DES OMBRES, JE NE CRAINS PAS LA MORT, CAR JE MARCHE AVEC LE SEIGNEUR...
TU DISAIS QU'ON CONTINUE À VIVRE TANT QU'UNE PERSONNE AU MOINS SE SOUVIENT ENCORE DE NOUS...
9

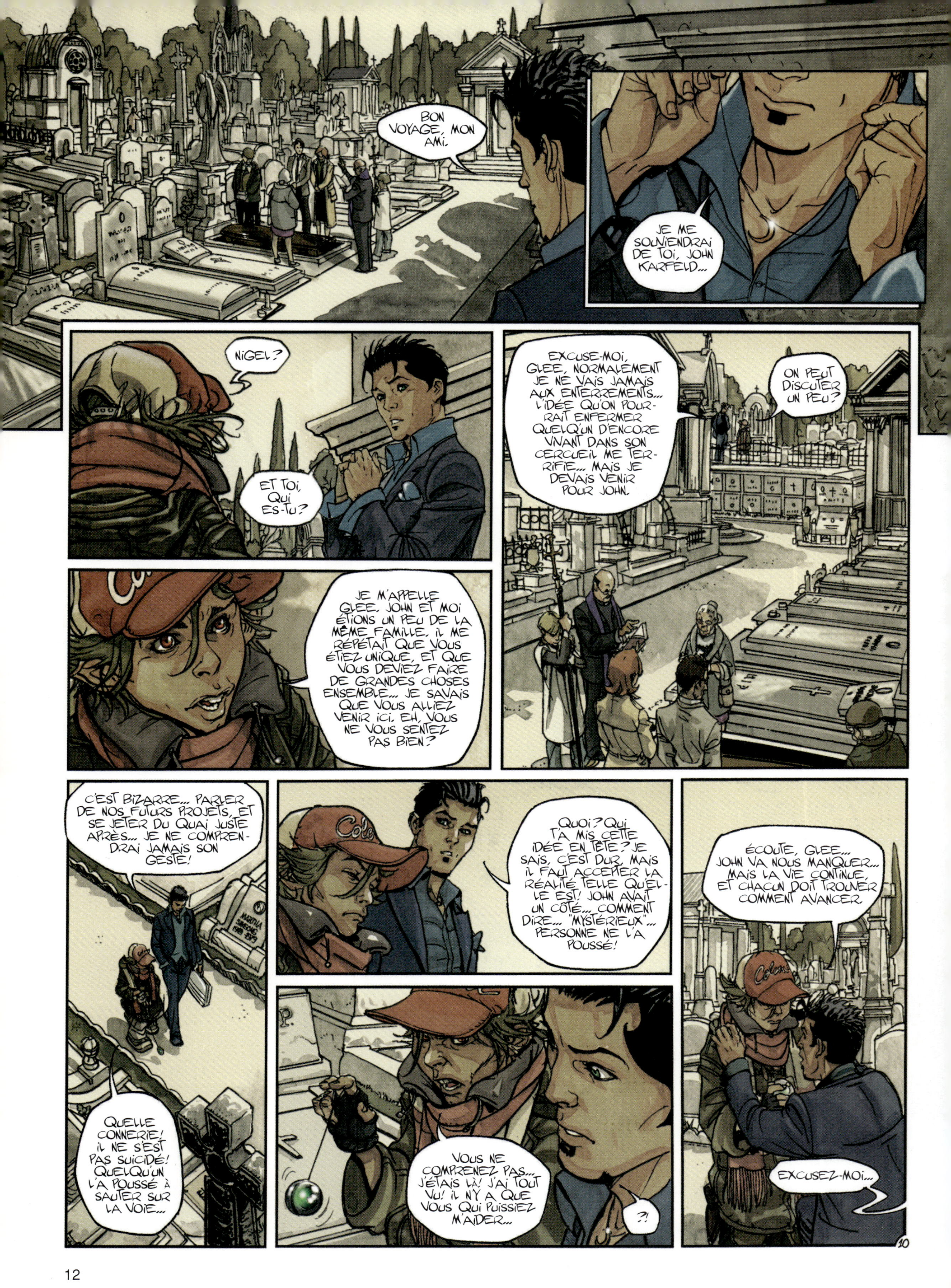
BON VOYAGE, MON AMI.
JE ME SOUVIENDRAI DE TOI, JOHN KARFELD...
NIGEL?
ET TOI, QUI ES-TU?
JE M'APPELLE GLEE. JOHN ET MOI ÉTIONS UN PEU DE LA MÊME FAMILLE. IL ME RÉPÉTAIT QUE VOUS ÉTIEZ UNIQUE, ET QUE VOUS DEVIEZ FAIRE DE GRANDES CHOSES ENSEMBLE... JE SAVAIS QUE VOUS ALLIEZ VENIR ICI. EH, VOUS NE VOUS SENTEZ PAS BIEN?
EXCUSE-MOI, GLEE, NORMALEMENT JE NE VAIS JAMAIS AUX ENTERREMENTS... L'IDÉE QU'ON POURRAIT ENFERMER QUELQU'UN D'ENCORE VIVANT DANS SON CERCUEIL ME TERRIFIE... MAIS JE DEVAIS VENIR POUR JOHN.
ON PEUT DISCUTER UN PEU?
C'EST BIZARRE... PARLER DE NOS FUTURS PROJETS, ET SE JETER DU QUAI JUSTE APRÈS... JE NE COMPRENDRAI JAMAIS SON GESTE!
QUOI? QUI T'A MIS CETTE IDÉE EN TÊTE? JE SAIS, C'EST DUR, MAIS IL FAUT ACCEPTER LA RÉALITÉ TELLE QU'ELLE EST! JOHN AVAIT UN CÔTÉ... COMMENT DIRE... "MYSTÉRIEUX"... PERSONNE NE L'A POUSSÉ!
QUELLE CONNERIE! IL NE S'EST PAS SUICIDÉ! QUELQU'UN L'A POUSSÉ À SAUTER SUR LA VOIE...
VOUS NE COMPRENEZ PAS... J'ÉTAIS LÀ! J'AI TOUT VU! IL N'Y A QUE VOUS QUI PUISSIEZ M'AIDER...
?!
ÉCOUTE, GLEE... JOHN VA NOUS MANQUER... MAIS LA VIE CONTINUE, ET CHACUN DOIT TROUVER COMMENT AVANCER.
EXCUSEZ-MOI...
10

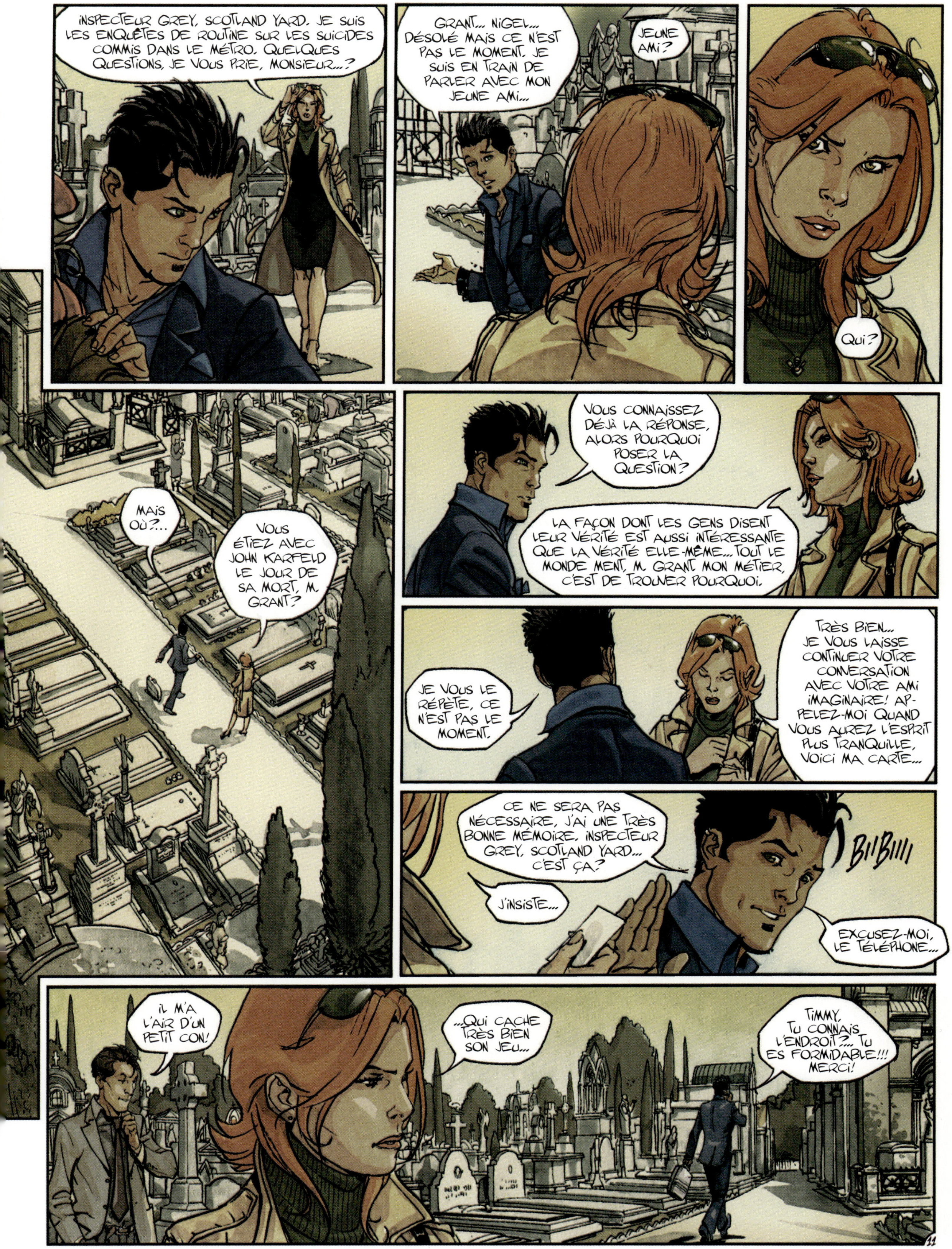
INSPECTEUR GREY, SCOTLAND YARD. JE SUIS LES ENQUÊTES DE ROUTINE SUR LES SUICIDES COMMIS DANS LE MÉTRO. QUELQUES QUESTIONS, JE VOUS PRIE, MONSIEUR...?
GRANT... NIGEL... DÉSOLÉ MAIS CE N'EST PAS LE MOMENT. JE SUIS EN TRAIN DE PARLER AVEC MON JEUNE AMI...
JEUNE AMI?
QUI?
MAIS OÙ?...
VOUS ÉTIEZ AVEC JOHN KARFELD LE JOUR DE SA MORT, M. GRANT?
VOUS CONNAISSEZ DÉJÀ LA RÉPONSE, ALORS POURQUOI POSER LA QUESTION?
LA FAÇON DONT LES GENS DISENT LEUR VÉRITÉ EST AUSSI INTÉRESSANTE QUE LA VÉRITÉ ELLE-MÊME... TOUT LE MONDE MENT, M. GRANT. MON MÉTIER C'EST DE TROUVER POURQUOI.
JE VOUS LE RÉPÈTE, CE N'EST PAS LE MOMENT.
TRÈS BIEN... JE VOUS LAISSE CONTINUER VOTRE CONVERSATION AVEC VOTRE AMI IMAGINAIRE! APPELEZ-MOI QUAND VOUS AUREZ L'ESPRIT PLUS TRANQUILLE, VOICI MA CARTE...
CE NE SERA PAS NÉCESSAIRE, J'AI UNE TRÈS BONNE MÉMOIRE. INSPECTEUR GREY, SCOTLAND YARD... C'EST ÇA?
J'INSISTE...
BIIBIII
EXCUSEZ-MOI, LE TÉLÉPHONE...
IL M'A L'AIR D'UN PETIT CON!
...QUI CACHE TRÈS BIEN SON JEU...
TIMMY, TU CONNAIS L'ENDROIT?... TU ES FORMIDABLE!!! MERCI!

JE PRENDS DONC TA PLACE, MON AMI...
...TU LE CROIS VRAIMENT CAPABLE DE TOUS NOUS SAUVER ?
?!
WESTERN AVENUES
JE N'AIME PAS ÇA... EST-CE QU'ILS M'AURAIENT REPÉRÉ SI VITE ?

!!!
TU RENTRES TARD, TA MAMAN VA S'INQUIÉTER!
MONTRE-LE-MOI FAYE!
MAIS QUE?...
TON DÉGUISEMENT EST TRÈS CONVAINCANT, MAIS CE SONT TES YEUX QUI TE TRAHISSENT... PETIT MONSTRE!
GARCES DE FÉES!...
UN JOUR VOUS PAIEREZ POUR VOTRE TRAHISON!
OÙ VAS-TU?
ZWAAAMM
AAHH!
...ET POUR TOUS CEUX QUE VOUS AVEZ RÉVÉLÉS À LA MORT...
SALE GOBELIN!
VOTRE PEUPLE EST MAUDIT!!!
CRASH
13

DEBOUT!
NE LE LAISSEZ PAS FUIR!
DAMN! TROP ÉTROIT!
NON! UN AUTRE!
RÉFLÉCHIS, GLEE! VITE!
LES TOITS!
IL Y A TOUJOURS UNE VOIE DE SORTIE.
FILS DE...
IL EST PASSÉ PAR LE CÔTÉ OUEST.
VOUS PENSIEZ M'ATTRAPER SI FACILEMENT? LA PROCHAINE FOIS, PRENEZ UN HÉLICOPTÈRE!
14

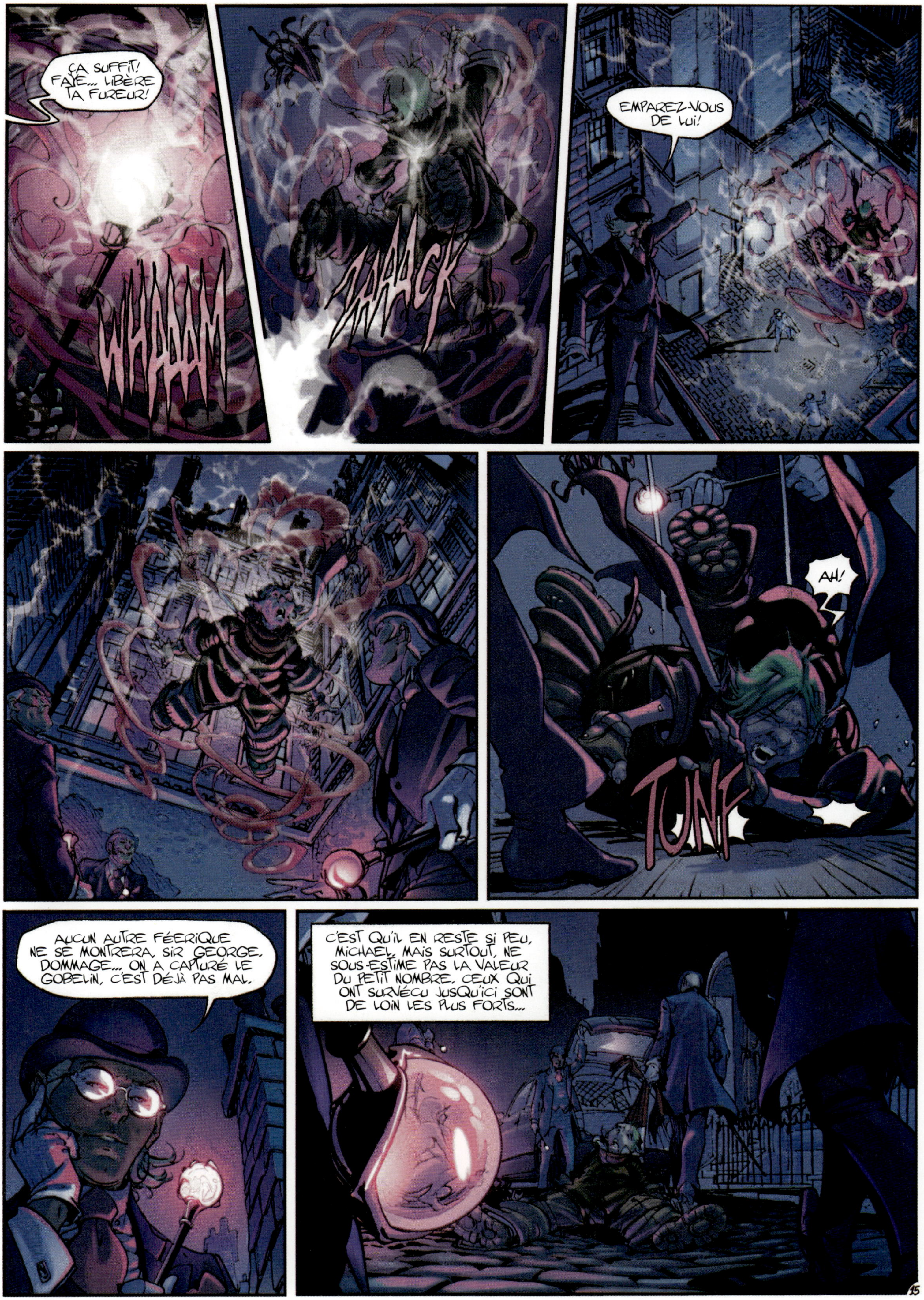
ÇA SUFFIT! FAYE... LIBÈRE TA FUREUR!
WHAAAM
ZAAACK
EMPAREZ-VOUS DE LUI!
AH!
TUNF
AUCUN AUTRE FÉERIQUE NE SE MONTRERA, SIR GEORGE. DOMMAGE... ON A CAPTURÉ LE GOBELIN, C'EST DÉJÀ PAS MAL.
C'EST QU'IL EN RESTE SI PEU, MICHAEL. MAIS SURTOUT, NE SOUS-ESTIME PAS LA VALEUR DU PETIT NOMBRE. CEUX QUI ONT SURVÉCU JUSQU'ICI SONT DE LOIN LES PLUS FORTS...

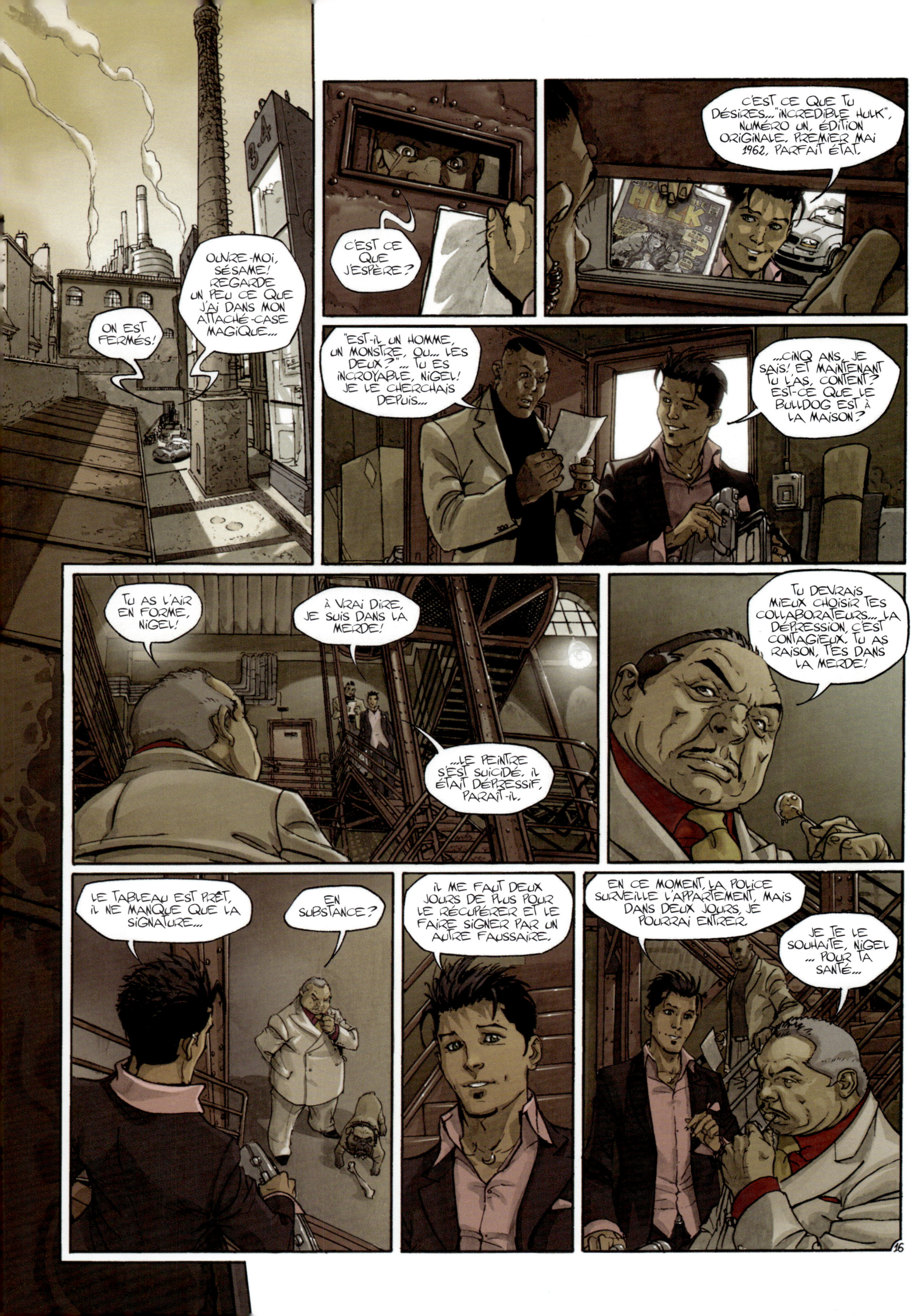

ON EST FERMÉS!
OUVRE-MOI, SÉSAME! REGARDE UN PEU CE QUE J'AI DANS MON ATTACHÉ-CASE MAGIQUE...
C'EST CE QUE J'ESPÈRE?
C'EST CE QUE TU DÉSIRES... "INCREDIBLE HULK", NUMÉRO UN, ÉDITION ORIGINALE. PREMIER MAI 1962, PARFAIT ÉTAT.
"EST-IL UN HOMME, UN MONSTRE, OU... LES DEUX?"... TU ES INCROYABLE, NIGEL! JE LE CHERCHAIS DEPUIS...
...CINQ ANS, JE SAIS! ET MAINTENANT TU L'AS, CONTENT? EST-CE QUE LE BULLDOG EST À LA MAISON?
TU AS L'AIR EN FORME, NIGEL!
À VRAI DIRE, JE SUIS DANS LA MERDE!
...LE PEINTRE S'EST SUICIDÉ. IL ÉTAIT DÉPRESSIF, PARAÎT-IL.
TU DEVRAIS MIEUX CHOISIR TES COLLABORATEURS... LA DÉPRESSION, C'EST CONTAGIEUX. TU AS RAISON, T'ES DANS LA MERDE!
LE TABLEAU EST PRÊT, IL NE MANQUE QUE LA SIGNATURE...
EN SUBSTANCE?
IL ME FAUT DEUX JOURS DE PLUS POUR LE RÉCUPÉRER ET LE FAIRE SIGNER PAR UN AUTRE FAUSSAIRE.
EN CE MOMENT, LA POLICE SURVEILLE L'APPARTEMENT, MAIS DANS DEUX JOURS, JE POURRAI ENTRER.
JE TE LE SOUHAITE, NIGEL ... POUR TA SANTÉ...

L'AFFAIRE EST TROP GROSSE POUR LAISSER UNE CONNERIE PAREILLE LA FAIRE CAPOTER! SI ÇA DEVAIT ARRIVER, TU EN PAIERAIS LES CONSÉQUENCES, ET TOUT TON ART DE LA PERSUASION N'AURAIT PLUS AUCUN EFFET SUR MOI!
HÉ! BULL!... EST-CE QUE JE T'AI DÉJÀ DÉÇU UNE SEULE FOIS? JE SUIS ICI POUR TE RENDRE HEUREUX!
!
BAS LES PATTES, NIGEL...
LE BULLDOG N'AIME PAS LES CARESSES...
RW OF!
PETIT ENFOIRÉ!
OK, OK, SÉSAME... J'AI COMPRIS, JE L'AI À PEINE TOUCHÉ!
DESOLÉ, NIGEL, J'AI DES ORDRES TRÈS PRÉCIS.
TU AS DEUX JOURS.
CHER M. KARFELD, VOYONS CE QUE NOTRE RÉSEAU A SUR TOI...
NEW SCOTLAND YARD
MHM... RIEN ICI...
RIEN LÀ... VOYONS, LA BANQUE...
MHM... JOHN, VOUS ÉTIEZ DÉJÀ UN FANTÔME AVANT DE PASSER DANS L'AU-DELÀ!

MMH... C'EST DIVIN.
J'EN AVAIS VRAIMENT BESOIN... ENTRE TES MAINS EXPERTES, ON EST PRÊT À OUBLIER LE MONDE.
ÉPARGNE-MOI LES FLATTERIES... JE SUIS TRÈS DEMANDÉE. CERTAINS ATTENDENT DES MOIS POUR SE FAIRE MASSER PAR MOI, ET TOI, TU OBTIENS UNE PLACE LE LENDEMAIN DE NOTRE RENCONTRE AU "SIXTY NINE". TU VEUX BIEN M'EXPLIQUER CE NOUVEAU TOUR DE MAGIE?
DISONS QUE JE SUIS PRÊT À TOUT POUR DÎNER AVEC TOI... AH!
...ES-TU PRÊT À TE FAIRE DÉSARTICULER UNE CLAVICULE? RESTE TRANQUILLE ET RELAXE-TOI... JE NE PEUX PAS SORTIR AVEC MES CLIENTS... JE PERDRAIS MA PLACE.
C'EST POSSIBLE, MAIS TU AURAIS BEAUCOUP À GAGNER.
...UNE BELLE BOULE DE NERFS! TU DEVRAIS SONGER À UNE VIE MOINS STRESSANTE. JE TE SENS TROP TENDU...
TU AS RAISON... JE ME SENS TENDU...
PLUS QUE TENDU... BLOQUÉ!
BLOQUÉ...
18

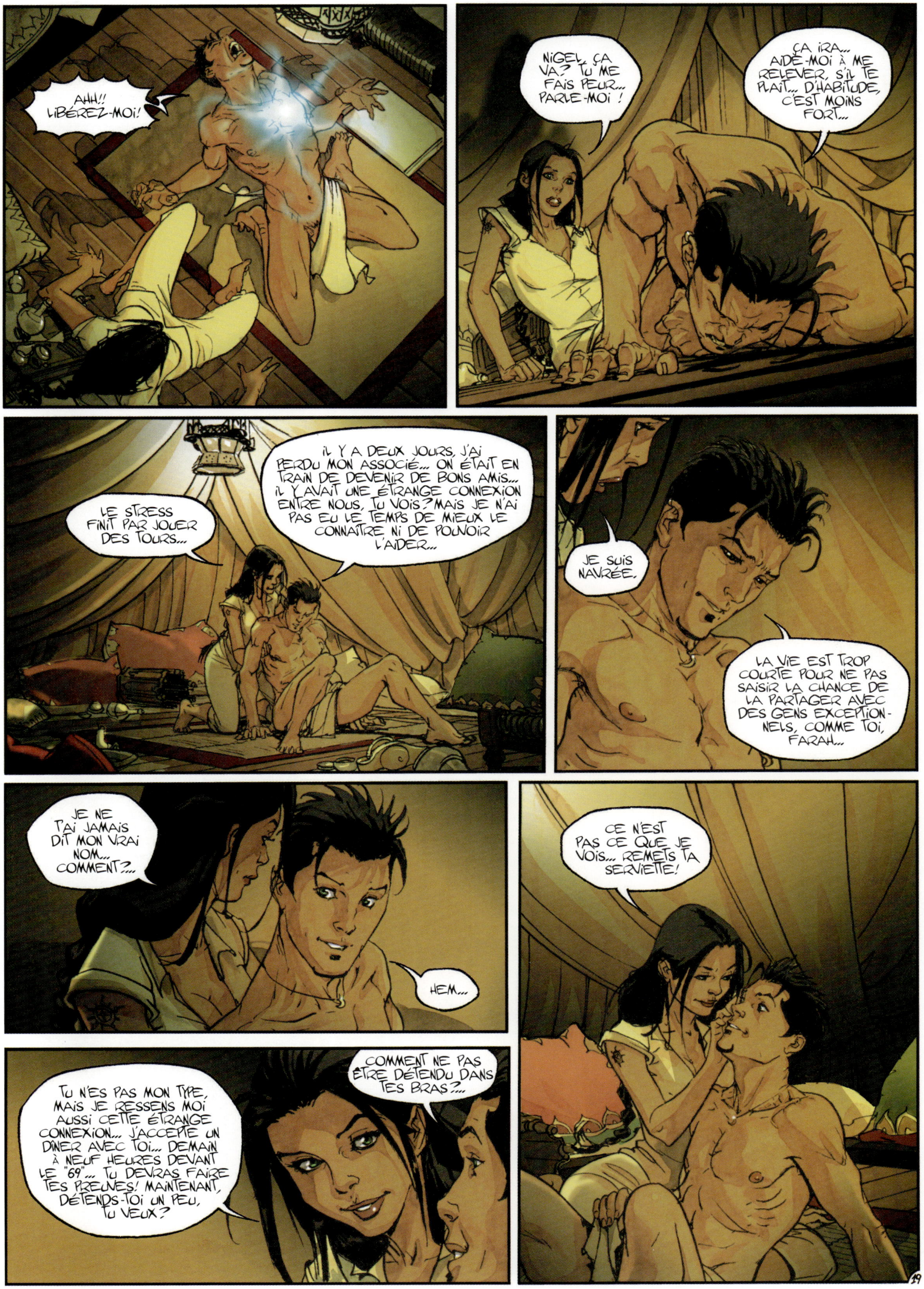
AHH!! LIBÉREZ-MOI!
NIGEL, ÇA VA? TU ME FAIS PEUR... PARLE-MOI !
ÇA IRA... AIDE-MOI À ME RELEVER, S'IL TE PLAÎT... D'HABITUDE, C'EST MOINS FORT...
LE STRESS FINIT PAR JOUER DES TOURS...
IL Y A DEUX JOURS, J'AI PERDU MON ASSOCIÉ... ON ÉTAIT EN TRAIN DE DEVENIR DE BONS AMIS... IL Y AVAIT UNE ÉTRANGE CONNEXION ENTRE NOUS, TU VOIS? MAIS JE N'AI PAS EU LE TEMPS DE MIEUX LE CONNAÎTRE, NI DE POUVOIR L'AIDER...
JE SUIS NAVRÉE.
LA VIE EST TROP COURTE POUR NE PAS SAISIR LA CHANCE DE LA PARTAGER AVEC DES GENS EXCEPTION-NELS, COMME TOI, FARAH...
JE NE T'AI JAMAIS DIT MON VRAI NOM... COMMENT?...
HEM...
CE N'EST PAS CE QUE JE VOIS... REMETS TA SERVIETTE!
TU N'ES PAS MON TYPE, MAIS JE RESSENS MOI AUSSI CETTE ÉTRANGE CONNEXION... J'ACCEPTE UN DÎNER AVEC TOI... DEMAIN À NEUF HEURES DEVANT LE "69"... TU DEVRAS FAIRE TES PREUVES! MAINTENANT, DÉTENDS-TOI UN PEU, TU VEUX?
COMMENT NE PAS ÊTRE DÉTENDU DANS TES BRAS?...

TU ES RÉVEILLÉ? C'EST BIEN. ON VA POUVOIR COMMENCER.
JE T'AI INJECTÉ DU SÉRUM DE VÉRITÉ, HISTOIRE DE BRISER LA GLACE. BIEN SÛR LES GOBELINS SONT DES MENTEURS-NÉS, ALORS J'AI UN PEU FORCÉ LA DOSE.
TU NE DIS RIEN? J'ESPÈRE QU'ON NE T'A PAS DÉJÀ CASSÉ LA MÂCHOIRE... TON AMI L'ELFE NOIR A ÉTÉ PLUS RUSÉ QUE TOI... IL S'EST JETÉ SOUS LE MÉTRO AVANT QU'ON PUISSE L'ATTRAPER...
ESPÈCE D'ORDURE! TU PEUX ME TUER, TU NE SAURAS RIEN!
OUI, PETIT GOBELIN! TA LANGUE SE DÉLIE! MAIS COMME TU FAIS ERREUR... SI LES GENS PARLENT, CE N'EST PAS POUR ÉVITER LA MORT, MAIS POUR METTRE FIN À LEUR SOUFFRANCE...
...TES SEMBLABLES ONT LARGEMENT CONTRIBUÉ AUX CONNAISSANCES DE NOS SCIENTIFIQUES...
...POST MORTEM...
LEUR SACRIFICE NOUS A PERMIS DE METTRE AU POINT UN PROCÉDÉ, COMMENT DIRE?.. TRÈS CONVAINCANT POUR VOUS FAIRE COLLABORER... JE VAIS TE LE FAIRE ESSAYER...
MONSTRE!...
MONSTRE?... MOI? TU NE T'ES JAMAIS REGARDÉ DANS UN MIROIR, CRÉATURE?
BIP
GLOP
GLOP
GLOP
AAARGH!
ALORS, PREMIÈRE QUESTION... CE TYPE AU CIMETIÈRE, C'ÉTAIT QUI?
20

JE PEUX DIRE ADIEU À MON TABLEAU... COMMENT EST-CE QUE JE VAIS FAIRE POUR LE RÉCUPÉRER?
M. GRANT ! JE PENSAIS JUSTEMENT À VOUS... VENEZ...
MERDE, ILS M'ONT VU...
INSPECTEUR!... JE SUIS VENU ICI POUR RÉFLÉCHIR... LA DISPARITION DE JOHN FUT UN CHOC POUR MOI!
POUR DISPARAÎTRE, IL FAUDRAIT DÉJÀ EXISTER...
JE VEUX VOUS MONTRER QUELQUE CHOSE QUI VOUS CONCERNE...
?!
AU COMMISSARIAT, J'AI CONTRÔLÉ LES RENSEIGNEMENTS QUE J'AVAIS SUR M. KARFELD. CELUI-CI EST APPARU IL Y A DEUX MOIS, SI ON EN JUGE PAR SON FAUX PASSEPORT. PAS DE DOSSIER MÉDICAL NI DE TRACE ADMINISTRATIVE. AUCUNE FAMILLE... COMPTE EN BANQUE INEXISTANT...
VOTRE AMI EST UNE FICTION, ET SON APPARTEMENT, UNE FAÇADE! EN LE FOUILLANT, NOUS AVONS TROUVÉ CETTE DEUXIÈME ADRESSE. ET DERRIÈRE CE FAUX MUR SE CACHE LA VRAIE IDENTITÉ DE JOHN KARFELD.
JE NE VOIS TOUJOURS PAS EN QUOI ÇA ME CONCERNE!
ENTREZ ET VOYEZ PAR VOUS-MÊME.
JE... JE SAIS QU'IL AVAIT UNE PASSION POUR L'ART...
IL AVAIT UNE PASSION, MAIS JE N'APPELLERAIS PAS ÇA DE L'ART.
21

JE SUIS OBLIGÉ D'ENTRER? JE SUIS MAL À L'AISE DANS LES ENDROITS CONFINÉS.
OUI.
IL ME SEMBLE QUE M. KARFELD AVAIT UNE PETITE OBSESSION POUR VOUS, M. GRANT!
BORDEL! LES DEUX DERNIERS MOIS DE MA VIE SONT ÉPINGLÉS SUR CES MURS.
CERTAINES PHOTOS FERAIENT LE BONHEUR DES PAPARAZZI.
ET QUE DITES-VOUS DE ÇA? JE N'AI JAMAIS VU CHEZ QUELQU'UN AUTANT D'ÉDITIONS DES 'MILLE ET UNE NUITS' ET DE LIVRES ANCIENS SUR LE FOLKLORE ARABE. CERTAINS VALENT UNE PETITE FORTUNE. C'EST VOUS QUI LUI AVEZ TROUVÉ CETTE COLLECTION?
ÇA SUFFIT! JE ME FOUS DE SAVOIR SI JOHN ÉTAIT ENQUÊTEUR PRIVÉ, OU SI J'ÉTAIS LA PROCHAINE CIBLE D'UN TUEUR EN SÉRIE!... JE DOIS SORTIR D'ICI.
VOUS PENSEZ QUE TOUT ÇA EST UNE PLAISANTERIE? UN HOMME EST MORT ET MON INSTINCT ME DIT QUE C'EST UN MEURTRE! JE POURRAIS SUPPOSER QUE SON OBSESSION POUR VOUS CACHAIT UNE PASSION DÉVORANTE. QUE S'EST-IL PASSÉ, M. GRANT? VOUS AVEZ FINI PAR ACCEPTER SES AVANCES PUIS IL VOUS A REJETÉ? EST-CE QUE JE VAIS TROUVER LES MURS DE VOTRE CHAMBRE COUVERTS DE PHOTOS DE LUI?
JE VOUS EN PRIE! ILS CONFIENT DES ENQUÊTES DE ROUTINE À LA MEILLEURE FLIC DE LONDRES? QUEL GÂCHIS!
LONGUE HISTOIRE. ET LA VÔTRE EST LOIN DE S'ARRÊTER LÀ!
J'AI RENCONTRÉ JOHN IL Y A DEUX MOIS. IL NOUS ARRIVAIT DE BOIRE UNE BIÈRE ENSEMBLE DE TEMPS EN TEMPS. JEUDI, IL M'A FAIT UN PETIT CADEAU ET QUELQUES MINUTES PLUS TARD, IL S'EST SUICIDÉ! SI JE SUIS SUSPECT, ALORS ARRÊTEZ-MOI, SINON JE M'EN VAIS... J'EN AI ASSEZ...
EH, L'AMI, TU AS BESOIN D'UN DOCTEUR?
22

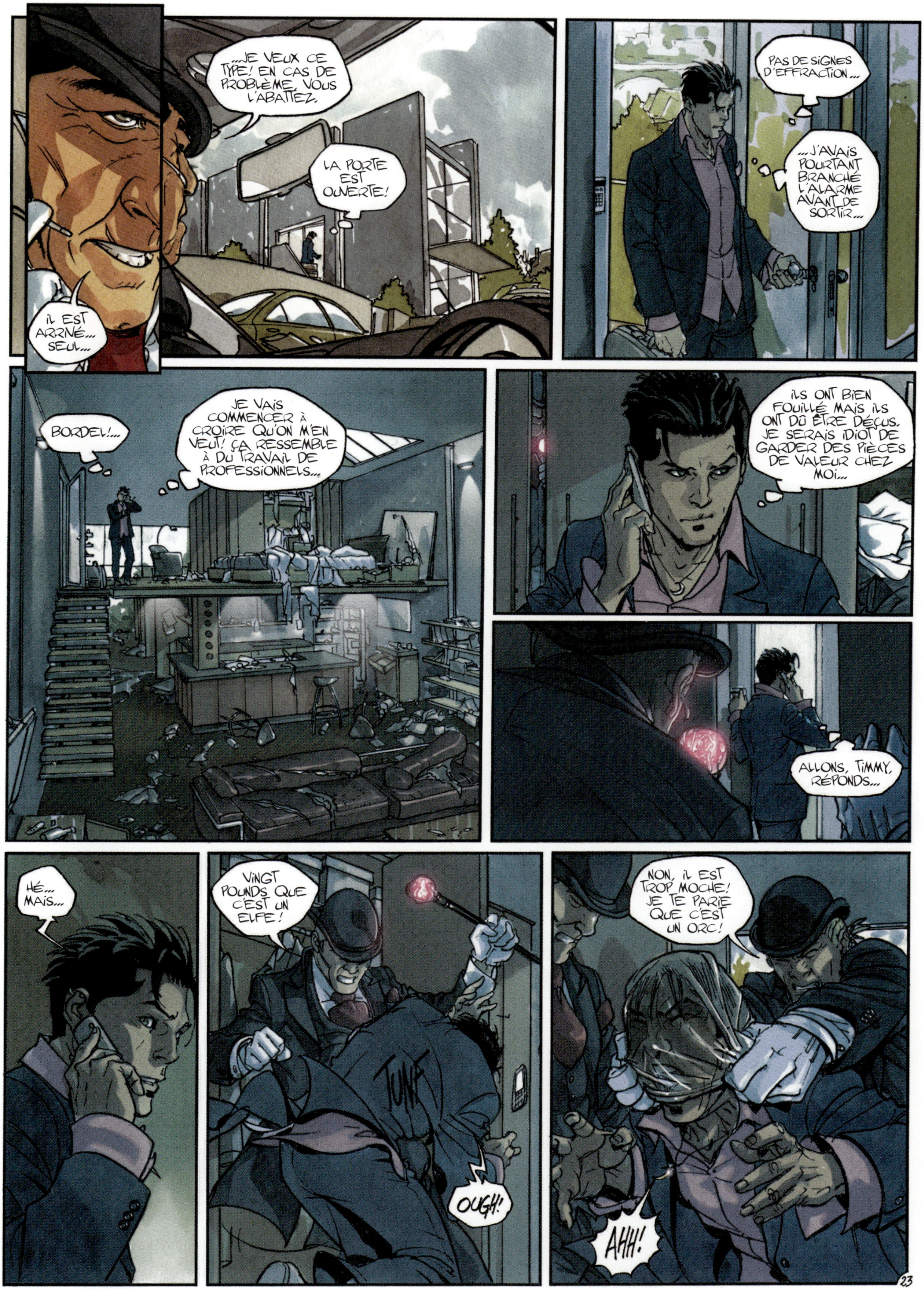
...JE VEUX CE TYPE! EN CAS DE PROBLÈME, VOUS L'ABATTEZ.
LA PORTE EST OUVERTE!
IL EST ARRIVÉ... SEUL...
PAS DE SIGNES D'EFFRACTION...
...J'AVAIS POURTANT BRANCHÉ L'ALARME AVANT DE SORTIR...
BORDEL!...
JE VAIS COMMENCER À CROIRE QU'ON M'EN VEUT! ÇA RESSEMBLE À DU TRAVAIL DE PROFESSIONNELS...
ILS ONT BIEN FOUILLÉ MAIS ILS ONT DÛ ÊTRE DÉÇUS. JE SERAIS IDIOT DE GARDER DES PIÈCES DE VALEUR CHEZ MOI...
ALLONS, TIMMY, RÉPONDS...
HÉ... MAIS...
VINGT POUNDS QUE C'EST UN ELFE!
TUNF
OUGH!
NON, IL EST TROP MOCHE! JE TE PARIE QUE C'EST UN ORC!
AHH!
23

DÉVOILONS LE MYSTÈRE...
QU'EST-CE QUE VOUS VOULEZ?... AHH!!!
FÉE... MONTRE-LE-MOI!
RESTE TRANQUILLE, TU VEUX? C'EST BIENTÔT FINI...
LIBÉREZ-MOI!!!!
ALORS, FÉE, J'ATTENDS!
JE NE PEUX RIEN FAIRE, IL N'EST PAS MASQUÉ PAR LE SORTILÈGE...
MAIS C'EST QU'IL RÉSISTE EN PLUS, LE DIABLE...
MAITRISE CE GUIGNOL...
BORDEL! MAIS T'ES QUOI?
AAAHHHH!!! J'ÉTOUFFE!!!
AIDEZ-MOI! JE NE LE TIENS PLUS...
LIBÉREZ-MOOOOI!!!!
KA-BOOOOHHMM

JE L'AVAIS DIT... LE DJINN IGNORE SA VRAIE NATURE. MÊME KARFELD AVAIT DES DOUTES...
IL VOULAIT CONTINUER À L'OBSERVER AVANT DE SE DÉVOILER.
C'EST UN PROBLÈME QUI NE SE POSE PLUS MAINTENANT QU'ILS SONT MORTS TOUS LES DEUX...
C'ÉTAIT LUI, VOTRE SAUVEUR? UN DJINN MANIFESTEMENT INCAPABLE DE CONTRÔLER SES POUVOIRS? IL A ÉLIMINÉ SEPT DES MIENS EN EXPLOSANT... MAIGRE VICTOIRE, TU NE TROUVES PAS?
LA POLICE EST ARRIVÉE AVANT QU'ON AIT PU VOIR SON CORPS, ET JE ME MÉFIE DES SOUHAITEURS.
LE DOSSIER NIGEL GRANT N'EST PAS ENCORE FERMÉ, IL NOUS RESTE UNE PISTE À SUIVRE...
CE N'EST PAS POSSIBLE... LE DERNIER DJINN EST MORT... NOUS SOMMES TOUS PERDUS...
IL ÉTAIT NOTRE SEULE CHANCE...
TRÈS BIEN, ALORS JE PEUX PASSER DIRECTEMENT À MA DERNIÈRE QUESTION: OÙ SE TROUVE LE SANCTUAIRE?
JAMAIS JE NE TRAHIRAI LES MIENS! VA TE FAIRE FOUTRE!
HHG!
...
OH!
OH NON, GOBELIN, ON N'EN A PAS FINI TOUS LES DEUX!

ALORS QU'ON REDOUTE ENCORE ICI LE CAUCHEMAR D'UN NOUVEL ATTENTAT TERRORISTE, LES SERVICES SECRETS VIENNENT D'ANNONCER QUE L'EXPLOSION TRAGIQUE QUI S'EST PRODUITE IL Y A MOINS D'UNE HEURE NE SERAIT QU'UN SIMPLE ACCIDENT DOMESTIQUE...
L'EXPLOSION, D'UNE INCROYABLE VIOLENCE SELON LES TÉMOINS, A SOUFFLÉ LE DOMICILE DE NIGEL GRANT, BLESSANT PLUSIEURS PERSONNES QUI SE TROUVAIENT DANS LES RUES...
M. GRANT, UN JEUNE LONDONIEN APPAREMMENT SANS HISTOIRE, COMMENÇAIT À SE FAIRE UNE SOLIDE RÉPUTATION DANS LE MILIEU DES COLLECTIONNEURS D'ART MODERNE ET DES VENTES AUX ENCHÈRES D'OBJETS RARES.
UNE SOURCE AU SEIN DE LA POLICE NOUS A RÉVÉLÉ QUE M. GRANT A ÉTÉ ENTENDU AU SUJET DU SUICIDE D'UN HOMME DANS LE MÉTRO DE PICCADILLY IL Y A MAINTENANT TROIS JOURS. "JOHN KARFELD" DONT LA VÉRITABLE IDENTITÉ RESTE ENCORE INCONNUE, SEMBLE S'ÊTRE DISPUTÉ AVEC M. GRANT AVANT DE SE JETER SUR LES RAILS.
LES DEUX HOMMES AVAIENT-ILS UNE RELATION PROFESSIONNELLE VOIRE SENTIMENTALE QUI S'EST MAL TERMINÉE ? NOUS NE POUVONS VOUS EN DIRE PLUS ACTUELLEMENT. L'INSPECTEUR JANE GREY, EN CHARGE DE L'ENQUÊTE, NE CONFIRME NI NE DÉMENT L'INFORMATION.
Scotalnd Yard Inspector
BUILDING EXPLOSION IN CENTRAL LONDON
LES SECOURS SONT EN TRAIN DE DÉGAGER LES DÉCOMBRES, IL N'Y AURAIT POUR L'INSTANT QU'UNE SEULE VICTIME... NIGEL GRANT.
J'AVAIS RAISON...
...JE SAVAIS QUE CE PETIT CON ÉTAIT HOMO !
IL FAUDRA SE DÉBROUILLER SEULS POUR TROUVER CE MAUDIT TABLEAU...
26

DRIIIINN DRIIIINN
RÉPONDS...
DRIIIINN DRIIINN
TIMMY... TIMMY... RÉPONDS... FOUTU IRLANDAIS...
NON!
NIGEL! DIEU MERCI, TU ES VIVANT! OÙ ES-TU?... TU ES SUR TOUTES LES CHAÎNES DE TÉLÉ!
TIMMY, JE DOIS DISPARAÎTRE... ON VEUT M'ÉLIMINER!
QUI?
C'EST CE QUE JE VEUX DÉCOUVRIR, MAIS JE DOIS AGIR DISCRÈTEMENT... PERSONNE NE DOIT SAVOIR QUE JE SUIS ENCORE EN VIE...
VIENS CHEZ MOI... TU... TU PEUX TE CACHER ICI...
JE NE VEUX PAS METTRE TA FAMILLE EN DANGER.
C'EST DEVENU DIFFICILE DE TROUVER UN ENDROIT SÛR À LONDRES, TU SAIS...
JE DOIS VOIR QUELQU'UN AVANT DE DISPARAÎTRE... J'AI BESOIN DE VÊTEMENTS PROPRES ET D'ARGENT... VA TRAVAILLER UN PEU PLUS TÔT, JE T'ATTENDRAI DANS LES TOILETTES...
IL A RACCROCHÉ.
PRÉPARE-TOI, TU NE VOUDRAIS PAS ARRIVER EN RETARD AU RENDEZ-VOUS, N'EST-CE PAS?...
27

QU'EST-CE QUE TU VEUX ENCORE?
JE VOULAIS TE REMERCIER POUR M'AVOIR SAUVÉ LA VIE...
N'IMPORTE QUI AURAIT FAIT LA MÊME CHOSE.
TU N'AS EU QUE QUELQUES ÉGRATIGNURES... TU AS BEAUCOUP DE CHANCE DE T'EN ÊTRE TIRÉ À SI BON COMPTE!
OUAIS... UNE CHANCE MIRACULEUSE...
TIENS... C'EST LA SEULE CHOSE DE VALEUR QUI ME RESTE.
QUAND TU N'AS PLUS RIEN, ON NE PEUT PLUS RIEN TE PRENDRE. SEULE COMPTE ALORS LA RICHESSE DU CŒUR...
FAISONS UN TROC DANS CE CAS... CONTRE TES HABITS.
TU ES FOU!
J'EN PARLERAI À UN PSY...
28

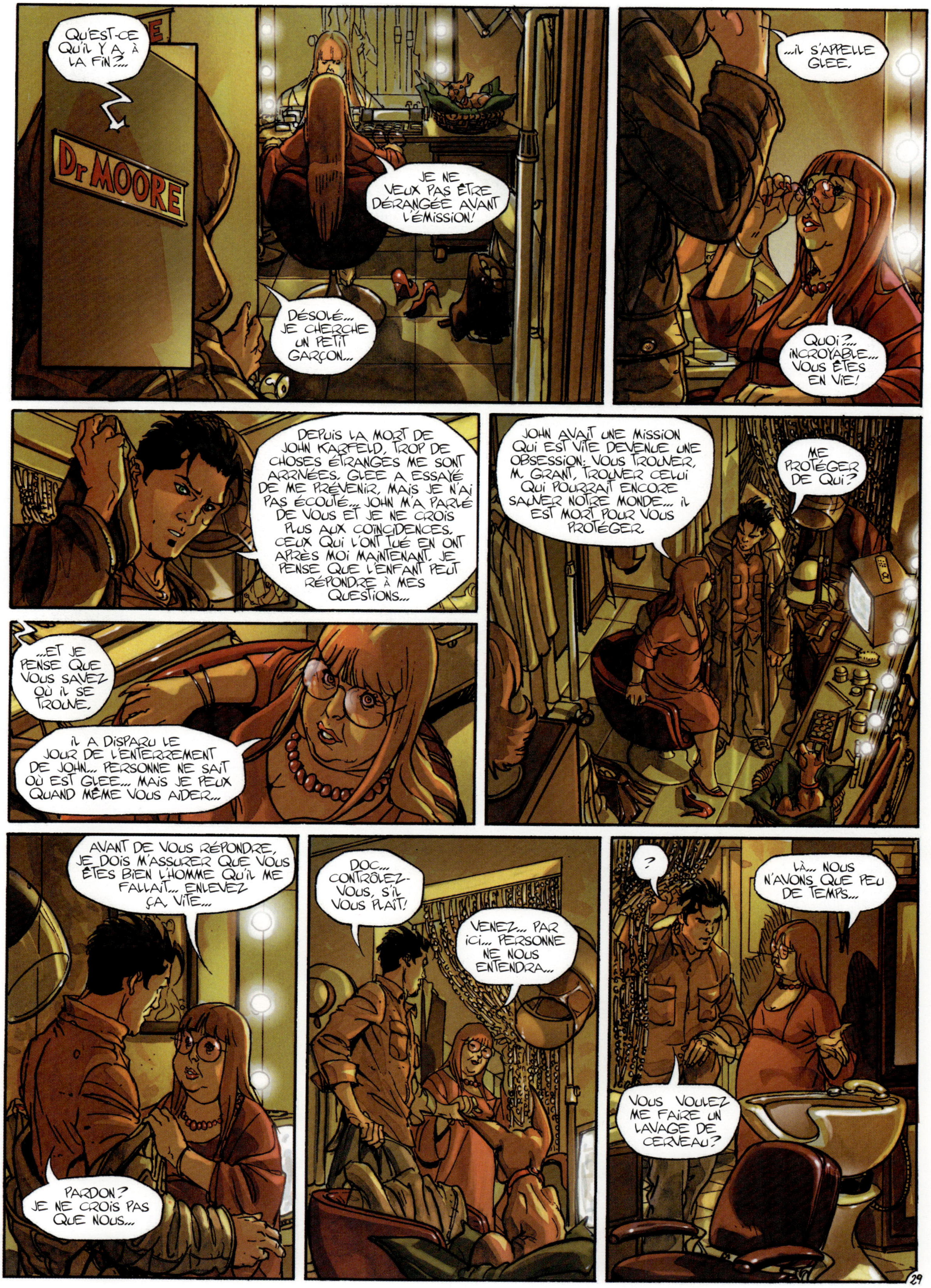

QU'EST-CE QU'IL Y A, À LA FIN ?...
Dr MOORE
JE NE VEUX PAS ÊTRE DÉRANGÉE AVANT L'ÉMISSION !
DÉSOLÉ... JE CHERCHE UN PETIT GARÇON...
...IL S'APPELLE GLEE.
QUOI ?... INCROYABLE... VOUS ÊTES EN VIE !
DEPUIS LA MORT DE JOHN KARFELD, TROP DE CHOSES ÉTRANGES ME SONT ARRIVÉES. GLEE A ESSAYÉ DE ME PRÉVENIR, MAIS JE N'AI PAS ÉCOUTÉ... JOHN M'A PARLÉ DE VOUS ET JE NE CROIS PLUS AUX COÏNCIDENCES. CEUX QUI L'ONT TUÉ EN ONT APRÈS MOI MAINTENANT. JE PENSE QUE L'ENFANT PEUT RÉPONDRE À MES QUESTIONS...
...ET JE PENSE QUE VOUS SAVEZ OÙ IL SE TROUVE.
IL A DISPARU LE JOUR DE L'ENTERREMENT DE JOHN... PERSONNE NE SAIT OÙ EST GLEE... MAIS JE PEUX QUAND MÊME VOUS AIDER...
JOHN AVAIT UNE MISSION QUI EST VITE DEVENUE UNE OBSESSION : VOUS TROUVER, M. GRANT. TROUVER CELUI QUI POURRAIT ENCORE SAUVER NOTRE MONDE... IL EST MORT POUR VOUS PROTÉGER.
ME PROTÉGER DE QUI ?
AVANT DE VOUS RÉPONDRE, JE DOIS M'ASSURER QUE VOUS ÊTES BIEN L'HOMME QU'IL ME FALLAIT... ENLEVEZ ÇA, VITE...
PARDON ? JE NE CROIS PAS QUE NOUS...
DOC... CONTRÔLEZ-VOUS, S'IL VOUS PLAÎT !
VENEZ... PAR ICI... PERSONNE NE NOUS ENTENDRA...
?
LÀ... NOUS N'AVONS QUE PEU DE TEMPS...
VOUS VOULEZ ME FAIRE UN LAVAGE DE CERVEAU ?
29

DÉTENDEZ-VOUS... L'HYPNOSE EST SANS DOULEUR.
HORS DE QUESTION! JE N'AI AUCUNE INTENTION DE VOUS LAISSER FOUILLER DANS MA CERVELLE!
ÇA NE PRENDRA QU'UNE MINUTE, PERMETTEZ-MOI...
...VOUS VOUS DÉTENDEZ...
...FIXEZ LE PENDENTIF... ET SUIVEZ SON OSCILLATION...
...VOS PAUPIÈRES SE FONT LOURDES...
...VOUS FERMEZ LES YEUX...
QUE VOYEZ-VOUS?
JE VOIS...
...UNE LUNE ÉCLATANTE!...
UN DÉSERT...
...JE SENS LES ÉLÉMENTS SE MOUVOIR, ILS M'OBÉISSENT...
...UN POUVOIR... UN POUVOIR IMMENSE ME TRAVERSE...
...UN PALAIS ÉMERGE DES SABLES, SOMPTUEUX...
...MAIS QUE SE PASSE-T-IL? UNE FORCE M'ATTIRE, BIEN PLUS PUISSANTE QUE MOI! JE SUIS ASPIRÉ, IMPUISSANT, COMME DANS UN SIPHON!...

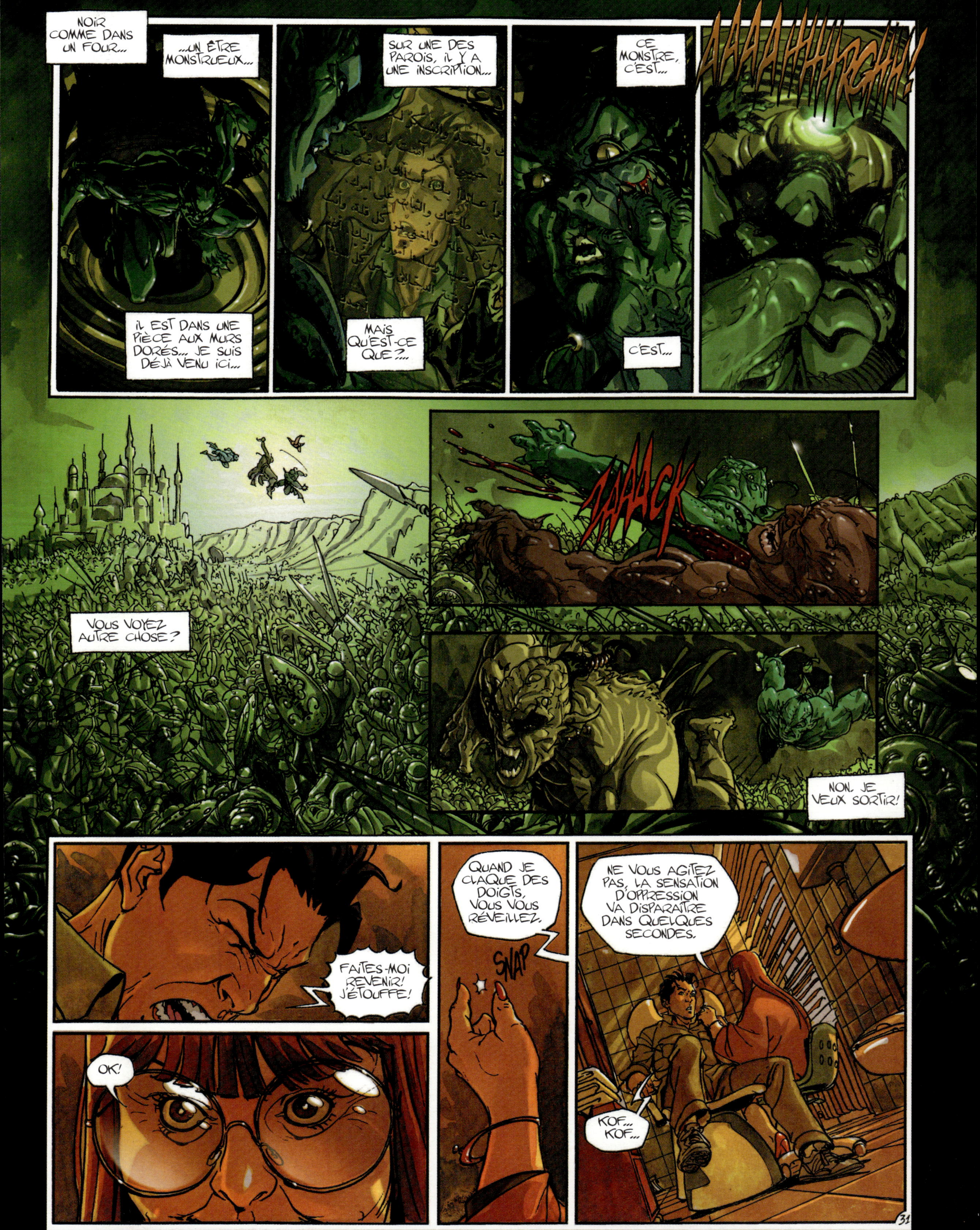

NOIR COMME DANS UN FOUR...
...UN ÊTRE MONSTRUEUX...
IL EST DANS UNE PIÈCE AUX MURS DORÉS... JE SUIS DÉJÀ VENU ICI...
SUR UNE DES PAROIS, IL Y A UNE INSCRIPTION...
MAIS QU'EST-CE QUE ?...
CE MONSTRE, C'EST...
C'EST...
AAAAHHHRGHH!
VOUS VOYEZ AUTRE CHOSE ?
ZRAAACK
NON, JE VEUX SORTIR!
FAITES-MOI REVENIR! J'ÉTOUFFE!
OK!
QUAND JE CLAQUE DES DOIGTS, VOUS VOUS RÉVEILLEZ.
SNAP
NE VOUS AGITEZ PAS, LA SENSATION D'OPPRESSION VA DISPARAÎTRE DANS QUELQUES SECONDES.
KOF... KOF...

VOUS SAVEZ, MOI AUSSI JE SERAIS CLAUSTROPHOBE SI J'AVAIS PASSÉ MILLE ANS DANS UNE LAMPE.
VOUS VOUS MOQUEZ DE MOI ?... UN GÉNIE ? ET MON VOISIN, C'EST ALADIN PEUT-ÊTRE ?
NOTRE CERVEAU N'A PAS BESOIN DE NOUS MENTIR, NIGEL ! NOUS Y ARRIVONS TRÈS BIEN TOUT SEULS. CE QUE VOUS AVEZ VU EST ARRIVÉ.
LES CONTES ET LES LÉGENDES ONT UNE PART DE VÉRITÉ, MÊME SI LES HOMMES SOUHAITENT L'OUBLIER. VOS CRISES VONT CONTINUER, M. GRANT, CAR QUELQUE CHOSE EN VOUS VEUT SORTIR !
QUELLES CONNERIES !
JOHN AVAIT COMPRIS LA CAUSE DE VOTRE CLAUSTROPHOBIE. VOUS AIMEZ SATISFAIRE LES DÉSIRS IMPOSSIBLES DE VOS CLIENTS... VOUS AVEZ PROVOQUÉ CETTE EXPLOSION DONT VOUS ÊTES SORTI INDEMNE... VOTRE POUVOIR EST ÉNORME, NIGEL, C'EST LE POUVOIR DU DJINN !
VENIR VOUS VOIR ÉTAIT UNE ERREUR, J'AI PERDU UN TEMPS PRÉCIEUX.
ATTENDEZ... JE N'AI PAS FINI... VOUS ÊTES EN DANGER. JE SAIS QUI PEUT VOUS AIDER !
QUI ÇA ? PINOCCHIO ?...
ADIEU, DR MOORE.
EH OUI, LULU... POUR POUVOIR CROIRE, IL FAUT D'ABORD VOULOIR CROIRE. NOTRE PUBLIC DEVRA PATIENTER AUJOURD'HUI, NOUS AVONS QUELQUE CHOSE DE PLUS URGENT À FAIRE !
SLAM
ALLONS DONNER À MANGER AUX OISEAUX !
32

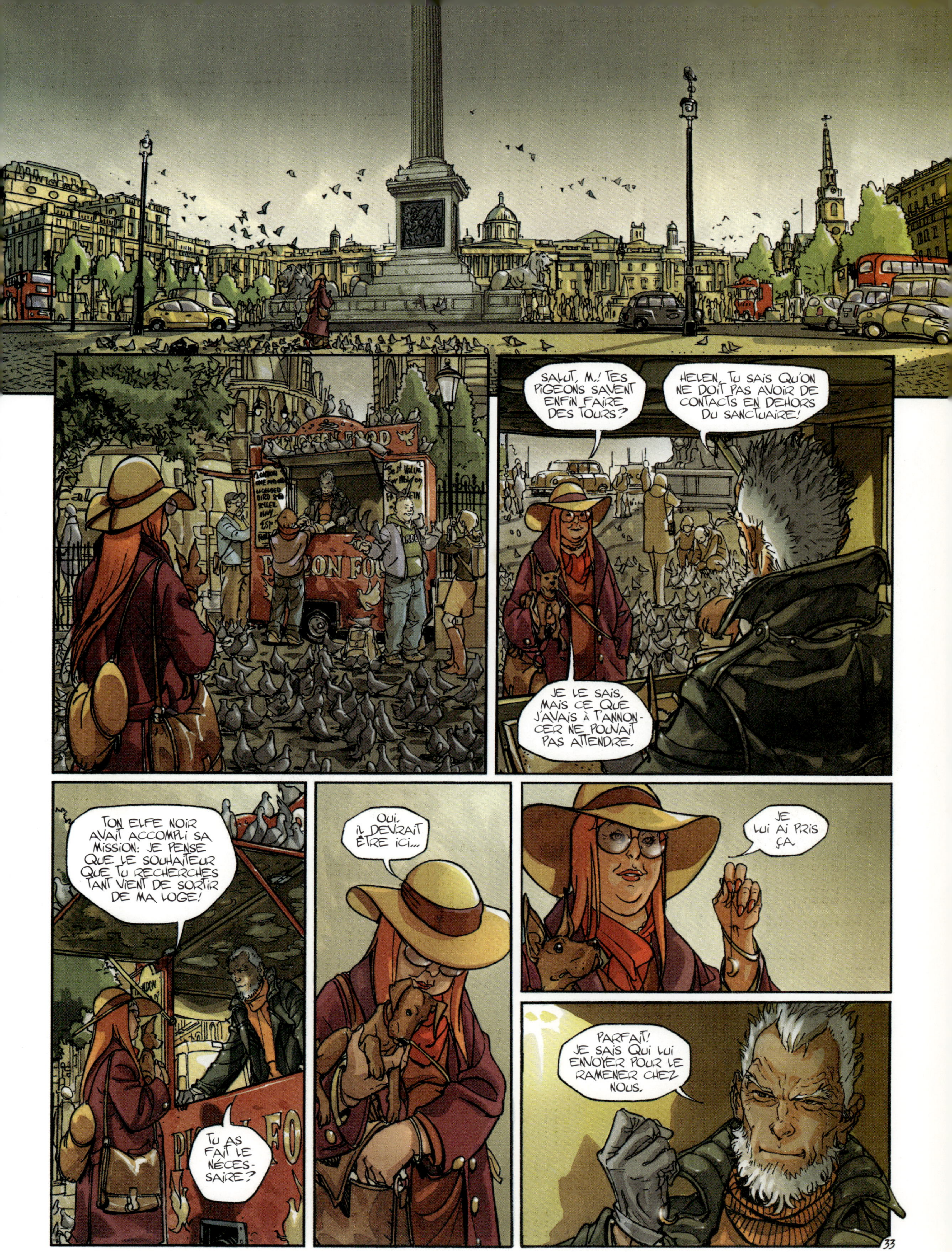
SALUT, M! TES PIGEONS SAVENT ENFIN FAIRE DES TOURS?
HELEN, TU SAIS QU'ON NE DOIT PAS AVOIR DE CONTACTS EN DEHORS DU SANCTUAIRE!
JE LE SAIS, MAIS CE QUE J'AVAIS À T'ANNONCER NE POUVAIT PAS ATTENDRE.
TON ELFE NOIR AVAIT ACCOMPLI SA MISSION: JE PENSE QUE LE SOUHAITEUR QUE TU RECHERCHES TANT VIENT DE SORTIR DE MA LOGE!
TU AS FAIT LE NÉCESSAIRE?
OUI. IL DEVRAIT ÊTRE ICI...
JE LUI AI PRIS ÇA.
PARFAIT! JE SAIS QUI LUI ENVOYER POUR LE RAMENER CHEZ NOUS.
33

SIXTYNINE
TU ME DÉGOÛTES...
?
TIMMY, TU ES DÉJÀ ARRIVÉ?
NIGEL...
...JE SUIS DÉSOLÉ... JE NE VOULAIS PAS FAIRE ÇA...
DE QUOI PARLES-TU?... TU NE M'AS PAS APPORTÉ CE QUE JE T'AI DEMANDÉ?
ILS RETIENNENT MA FEMME ET MON FILS EN OTAGE, JE DOIS LEUR OBÉIR!
TIMMY... QU'EST-CE QUE TU AS FAIT?...
KSSHHHHHH
PARDONNE-MOI, NIGEL...
!
BONSOIR, NIGEL, ON SE FAIT RARE CES TEMPS-CI...
NON!
PARDONNE-MOI!
34

VOYONS COMBIEN DE VIES TU AS ENCORE...
SHIT!
ATTENDEZ... ON PEUT S'ARRANGER... DITES-MOI CE QUE VOUS DÉSIREZ!
L'ELFE NOIR VOULAIT TE PROTÉGER... MAIS POURQUOI?... TU N'ES PAS UN FÉERIQUE...
VOUS ÊTES TOUS CINGLÉS!
O.K.!... VOUS L'AVEZ CHERCHÉ...
JE SUIS LE DJINN... JE PEUX VOUS RÉDUIRE EN POUSSIÈRE D'UN SIMPLE GESTE DE LA MAIN... VOUS VOULEZ VRAIMENT FINIR COMME VOS COPAINS?
FAIS-LE ALORS... VOYONS SI TU BLUFFES!
O.K... O.K.! NE TIREZ PAS!...
JE NE SAIS PAS CE QUE VOUS CHERCHEZ... MAIS JE PEUX LE TROUVER... ET GRATUITEMENT!
?
TU N'AS PAS ENCORE COMPRIS CE QUE NOUS VOULIONS?
LE TABLEAU!... JE VAIS LE RÉCUPÉRER... FAITES-MOI CONFIANCE!...
35

SORS D'ICI, MA JOLIE!...
IL TE MANQUE UNE CANNE POUR ENTRER DANS LES TOILETTES DES HOMMES!
¡DIOTS! C'EST UNE BANSHEE!
YAAAH!
PETITE PUTE! JE VAIS T'APPRENDRE!
BLAM BLAM BLAM
SLAM
CE N'EST PAS COMME ÇA QU'ON PARLE À UNE LADY!
AHH!
SNAP
CRACK
36

OUCH!
FILS DE CHIEN... JE TE...
NIGEL! ATTENTION!
BANG
AH!
TIMMY!... TU ES OK?
ÇA VA... C'EST UNE SIMPLE BLESS...
...URE...
TIMMY, NON!
CHTLAK
PITIÉ, BANSHEE, NOUS DEVONS LEUR OBÉIR, NOUS N'AVONS PAS LE CHOIX!
ON A TOUJOURS LE CHOIX!

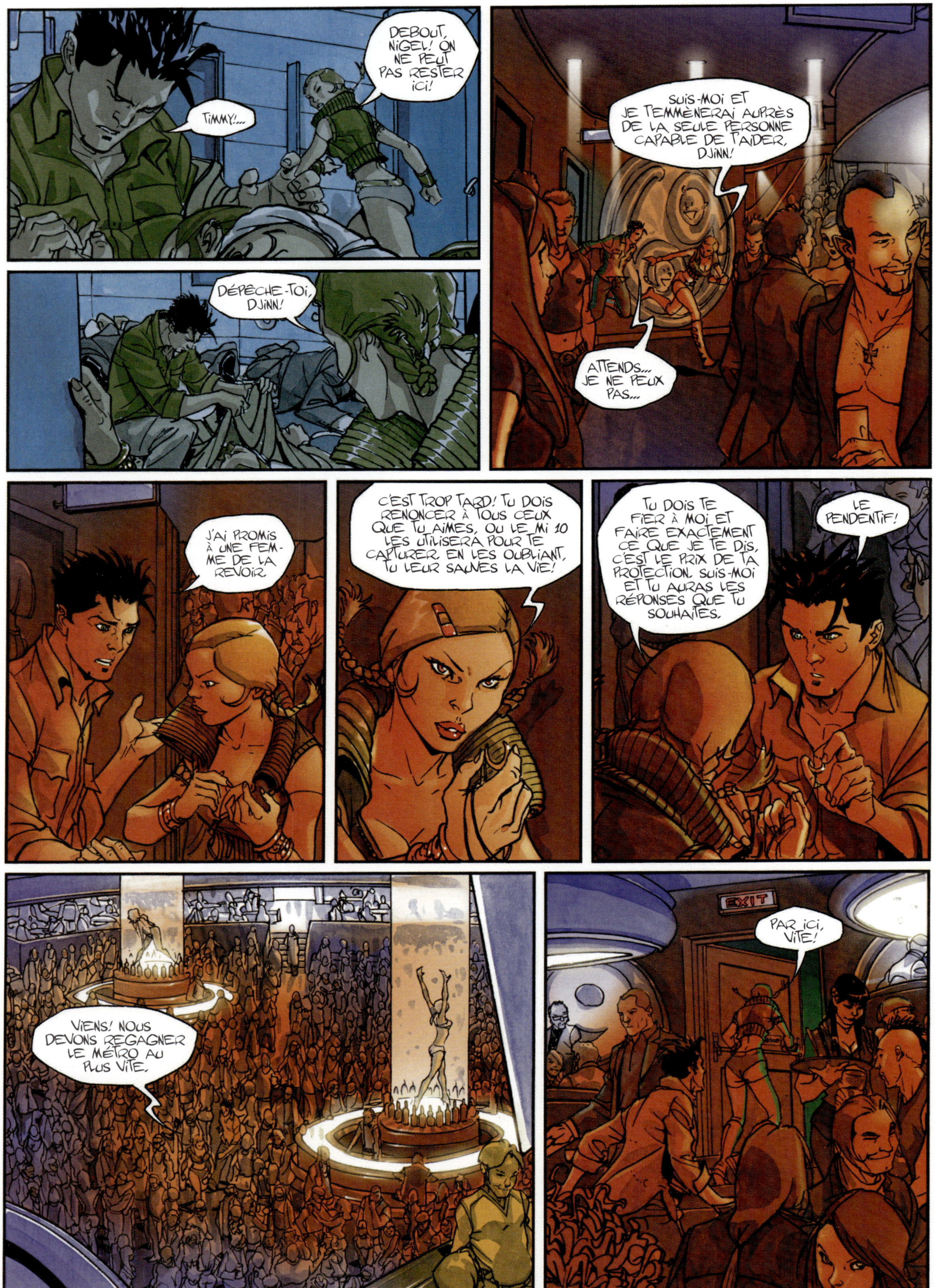
DEBOUT, NIGEL! ON NE PEUT PAS RESTER ICI!
TIMMY!...
DÉPÊCHE-TOI, DJINN!
SUIS-MOI ET JE T'EMMÈNERAI AUPRÈS DE LA SEULE PERSONNE CAPABLE DE T'AIDER, DJINN!
ATTENDS... JE NE PEUX PAS...
J'AI PROMIS À UNE FEMME DE LA REVOIR.
C'EST TROP TARD! TU DOIS RENONCER À TOUS CEUX QUE TU AIMES, OU LE MI 10 LES UTILISERA POUR TE CAPTURER. EN LES OUBLIANT, TU LEUR SAUVES LA VIE!
TU DOIS TE FIER À MOI ET FAIRE EXACTEMENT CE QUE JE TE DIS. C'EST LE PRIX DE TA PROTECTION. SUIS-MOI ET TU AURAS LES RÉPONSES QUE TU SOUHAITES.
LE PENDENTIF!
VIENS! NOUS DEVONS REGAGNER LE MÉTRO AU PLUS VITE.
EXIT
PAR ICI, VITE!
38

POURQUOI LE MÉTRO?
IL PERMET D'ACCÉDER RAPIDEMENT AUX SOUTERRAINS...
NOUS Y SERONS EN SÉCURITÉ...
...LE SOUS-SOL AFFAIBLIT LE POUVOIR DES FÉES. SANS ELLES, LES AGENTS AURONT DU MAL À NOUS REPÉRER.
LES FÉES?
London
ILS SONT DÉJÀ LÀ!
BON SANG! CES POLICIERS AUSSI VONT NOUS RECHERCHER...
PRÉVENONS QUAND MÊME LA POLICE... C'EST NOTRE PAROLE CONTRE LA LEUR!
EDGWARE ROAD STATION
IMPOSSIBLE... LE MI 10 A DES AGENTS INFILTRÉS PARTOUT... ILS ONT TROP D'INFLUENCE.
LE MI 10? QUI SONT-ILS?
ILS NE PEUVENT PAS BLOQUER TOUTES LES STATIONS DE LONDRES... DÉPÊCHE-TOI!... MONTE SI TU VEUX VIVRE!
TU M'AS SAUVÉ LA VIE TOUT À L'HEURE, ET TU ES MA SEULE CHANCE DE COMPRENDRE.
39

Restaurant
HAPPY CHICKEN
IL RESTE MOINS DE MILLE FÉERIQUES DANS LE MONDE. LA PLUPART ONT TROUVÉ REFUGE ICI, À LONDRES, DANS UN SANCTUAIRE PROTÉGÉ MAGIQUEMENT, ET ILS PARTICIPENT À LA RÉSISTANCE.
VROOOMM
DES FÉERIQUES?
FÉES, ELFES, TROLLS, LUTINS... CES CRÉATURES DITES IMAGINAIRES QUI PEUPLENT LES CONTES.
LE MI 10 EST UNE SECTION SECRÈTE DU MINISTÈRE DE L'INTÉRIEUR, CHARGÉE DE LES ÉLIMINER.
...NOUS LEUR LIVRONS UNE GUERRE SECRÈTE DEPUIS DES SIÈCLES... ET NOUS PERDONS!
C'EST RASSURANT!
...ET TOI, TU ES UNE FÉE?
UNE FÉE TRÈS VILAINE! JE M'APPELLE EIREANN...
MERDE! ILS NOUS ONT DÉJÀ TROUVÉS!
MAIS QU'EST-CE QU'ILS ME VEULENT?
ILS VEULENT SAVOIR QUEL GENRE DE FÉERIQUE TU ES... NOUS AUSSI D'AILLEURS...
...LA DIFFÉRENCE, C'EST QU'ON NE TE TUERA PAS, APRÈS!
40

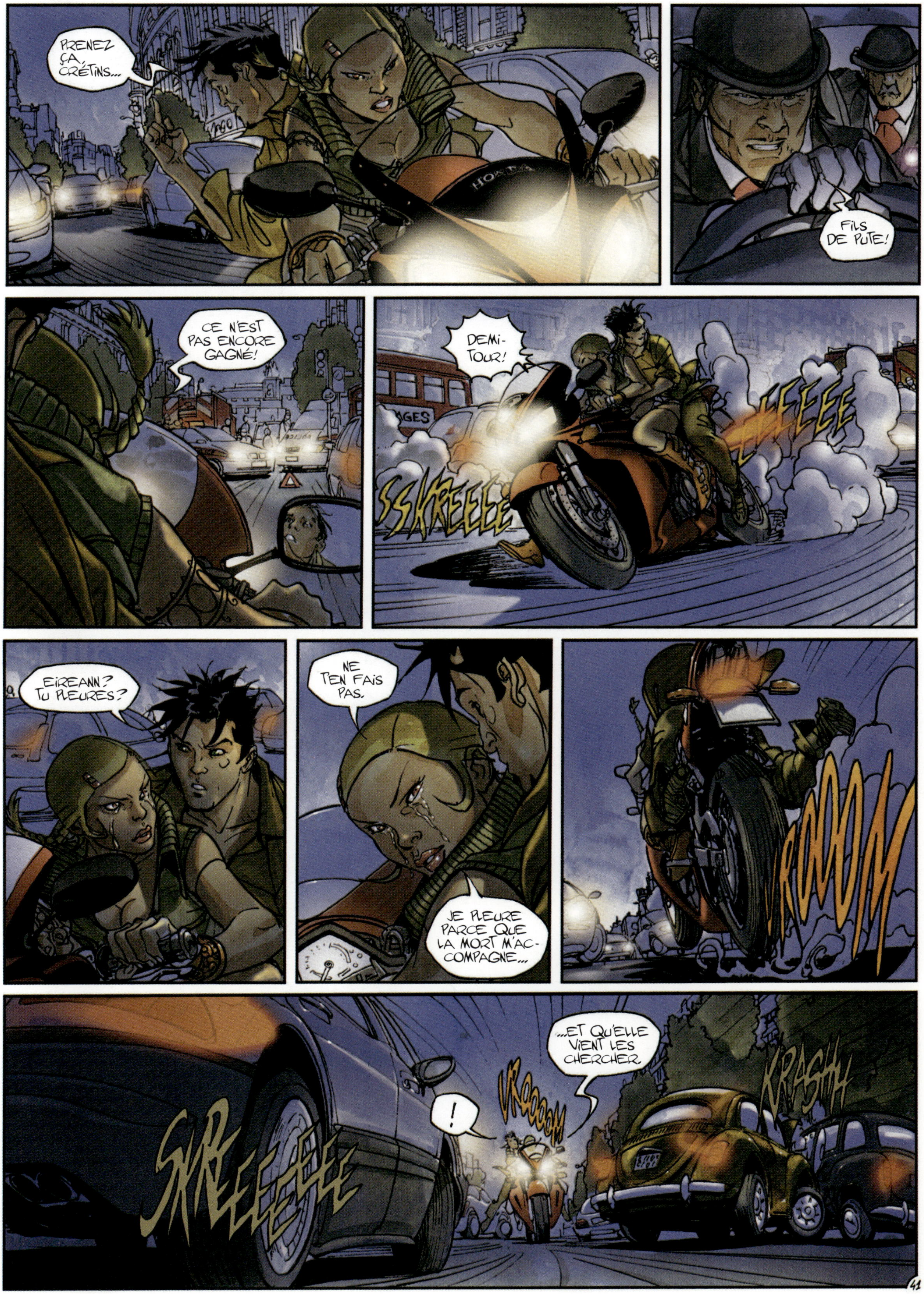
PRENEZ ÇA, CRÉTINS...
FILS DE PUTE!
CE N'EST PAS ENCORE GAGNÉ!
DEMI-TOUR!
SSKREEEEE
EIREANN? TU PLEURES?
NE T'EN FAIS PAS.
JE PLEURE PARCE QUE LA MORT M'ACCOMPAGNE...
VROOOM
SKREEEEEEEE
!
VROOOOM
...ET QU'ELLE VIENT LES CHERCHER.
KRASHH
41

KLANG
BEEEEEEEE
ILS SONT À NOUS...
QU'EST-CE QUE TU FAIS? ON VA S'ÉCRASER!
TON MONDE A CHANGÉ, NIGEL... LE JEU EST DEVENU DANGEREUX CAR TU EN IGNORES LES NOUVELLES RÈGLES...
...SI TU ES VRAIMENT CELUI QU'ON DIT, TU DOIS SAVOIR CE QU'IL FAUT FAIRE... MONTRE-MOI CE QUE TU SAIS FAIRE... OU NOUS MOURRONS!
NOOON! JE NE VEUX PAS MOURIR!
JE VEUX VIIIVRE!!!
OH, MERDE!
WHAAAMM
BOOOM
MAINTENANT, JE SAIS... NOUS TE CHERCHIONS DEPUIS DES SIÈCLES, WISHER!
CE... CE N'EST PAS POSSIBLE...
PING
42

C'EST MA FAUTE, SIR GEORGE... IL NOUS A DE NOUVEAU ÉCHAPPÉ.
D'AUTRES AGENTS SONT MORTS.
LA BANSHEE L'A AIDÉ... ELLE L'A SÛREMENT CONDUIT JUSQU'AU SANCTUAIRE. J'IGNORE COMMENT ILS ONT RÉUSSI À REGAGNER LE MÉTRO MALGRÉ NOTRE SURVEILLANCE.
LA PROCHAINE FOIS, JE M'EN OCCUPERAI PERSONNELLEMENT! J'AI TERMINÉ L'INTERROGATOIRE DU GOBELIN...
...EH BIEN?
IL N'A PLUS RIEN À NOUS APPRENDRE. CEPENDANT... JE PENSE QU'IL SERAIT RÉCEPTIF AUX NOUVELLES TECHNIQUES DE CONDITIONNEMENT.
C'EST NOTRE DERNIÈRE OCCASION D'INFILTRER UN AGENT DANS LE SANCTUAIRE. LAISSEZ-MOI LA SAISIR!
...JE NE VOUS DÉCEVRAI PLUS.
TRÈS BIEN, MICHAEL... FAITES-LE!
43

UN SANCTUAIRE?... SOUS LONDRES?
NOUS Y SOMMES PRESQUE...
SUIS-MOI...
AVEC PLAISIR!
SI TOUTES LES FÉES DU SANCTUAIRE TE RESSEMBLENT, JE CARESSE ENCORE L'ESPOIR D'UNE VIE MEILLEURE!
TU NE DIRAIS PAS ÇA SI TU SAVAIS MON ÂGE!
UNE FOIS QUE TU AURAS FRANCHI LE SEUIL, PLUS RIEN NE SERA COMME AVANT.
TU NE DOIS PAS CRAINDRE CEUX QUI SE CACHENT LÀ-BAS... CE SONT DES FÉERIQUES, COMME TOI.
...ET COMME TOI, JE LES AI GUIDÉS JUSQU'ICI.
?
VOILÀ LA PORTE.
44

JE NE VOIS PAS DE PORTE!...
TU TE FIES ENCORE AUX APPARENCES APRÈS CE QUI S'EST PASSÉ AUJOURD'HUI?
C'EST UN PEU DUR MAIS...
TLANC
ÇA Y EST!
MAIS!!!
CALME-TOI!
JE VAIS DROIT EN ENFER!
LAISSE-TOI TRANSPORTER!...
AAH!

SPLASH SPLASH
ÇA VA?
MON DOS AURAIT PRÉFÉRÉ QU'ON PRENNE UN ASCENSEUR!...
VOUS VOILÀ ENFIN! NOUS VOUS ATTENDIONS!
?
PARDON, M., NOUS AVONS EU DES PROBLÈMES DE CIRCULATION.
QUI... QUI ÊTES-VOUS?
SOIS LE BIENVENU, SOUHAITEUR...
...JE SUIS MERLIN.